전생에 나는 여시였다

전생에 나는 여시였다

초판 1쇄 | 인쇄 2025년 3월 5일
초판 1쇄 | 발행 2025년 3월 11일

지은이 | 권영임
펴낸이 | 권영임
편   집 | 김형주, 윤서주
디자인 | AJ

펴낸곳 | 도서출판 바람꽃
등   록 | 제2023-000004
주   소 | 서울시 은평구 연서로22길 16-5, 501호(대조동, 명진하이빌)
전   화 | 02-386-6814
팩   스 | 070-7314-6814
이메일 | greendeer@hanmail.net / windflower_books@naver.com
홈페이지 | https://blog.naver.com/windflower_books

ISBN   979-11-90910-20-0   03810

값 16,000원

권영임 장편소설

전생에 나는 여시엿다

도서출판 바람꽃

* 본문 여우 그림: 솔뫼 최송산

차례

전생에 나는 여시엿다

OI

전생에 나는 여시였다.

이승도 저승도 아닌 과거 그 시절, '그승'에 말이다. 이승은 지금 이쪽의 세상이고 저승은 다음에나 오게 될 저쪽 세상이다. 그러니까 전생은 그때 세상, 곧 그승이 된다. 우리 여시들은, 여우들은 전생을 그승이라고 불렀다.

전생이라고 하면 우리 한국인들은 흔히 수백 년 전의 조선이나 고려시대를 우선 떠올린다. 그렇다면 그날 이후 지금까지 몇백 년 이상을 내내 살아오다가 느닷없이 현재의 나로 태어났단 말인가? 그건 어불성설이다.

만약 누군가가 조선시대에 노래를 잘 지어 불렀다던 황진이가 자기 전생이었다고 주장한다면 그는 영겁이라는 긴 시간의 한 토막만을 겨우 기억하고 있을 뿐이다. 황진이 이전과 이후에는 과연 누구였다는 말인가? 아무것도 아닌 채로 그냥 허송세월했다거나 자기로서는 알지 못한다고 얼버무린다면 아예, 언어도단이다. 어불성설과 더불어 내가 전생에서 들었던 법문 한 구절처럼!

생명은 순환한다. 그것도 어김없고 빈틈없이, 숨 가쁜 순환을 한다. 생명이란 한번 꺼지면 다시 살리기 힘든, 진창 속의 불씨 같은 게 아니다. 그러니 누구든 자기의 그승을 내세우려면 일단은 이승 직전의 삶에 대해서 밝힐 수 있어야 한다. 내가 이 자리에서 고백하려고 하는 전생은 바로 그때를 언급하는 것이다.

한국전쟁 직후 이십 년 세월, 그게 내 전생이다. 그때 나는 여우였다는 얘기다.

여시는 여우의 방언이라고 하지만 사실은 좀 다르다.

우리 여우들 세계에서는 여시와 여우는 다른 존재들이다. 여우보다는 한 차원 높게 진화했던 무리들, 그들을 일러 우리는 여시라고 했다.

이를테면 바보 여우 족속에 대해 들어보았는가? 쥐약을 먹고 시름시름 앓고 있는 쥐 따위나 잡아먹다가 덩달아 따라 죽는 여우들 말이다. 그런 덜떨어진 애들과 우리는 서로

달랐다는 얘기다. 더러 붉여우나 백여우 족을 따로 특별히
여시라고 부르기는 했다.

내가 그 여시였다.

O2

　우리 여시들을 두고 인간이 했던 가장 우호적인 표현은 수구초심首丘初心, 그 하나가 아닐까? 온갖 모략과 중상, 악담뿐인 가운데 거의 유일한 칭찬이라고 할 수 있다. 여우도 죽을 때는 자기가 살던 언덕으로 고개를 돌린다는 뜻이다. '여우가' 아니라 '여우도'라고 한 걸 보면 사람들은 퍽 잘난 체하는 동물인 것 같다. 우리가 죽는 순간의 모습을 보고 난 뒤에야 비로소 그들도 깨달았을 텐데 말이다.

　인간들은 어떻게 우리의 수구초심을 알았을까? 총으로 쐈거나 덫에 걸렸거나, 아마도 그들은 우리 여시들이 생을 마감할 때마다 애타게 쳐다보았을 방향에 주목했을 것이다. 그래서 그들 얘기는 옳을 수밖에 없다고 본다. 비록 여우를 죽인 사람들의 증언일망정.

수구초심을 몸소 실천하신 분이 우리 엄마였다.

— 어디가… 북쪽이니, 호狐야?

엄마는 캥 캥, 가늘게 숨을 몰아쉬다 말고 내게 물었다.

이상했다. 엄마가 다른 곳은 몰라도 북쪽을 모르다니? 방향 감각을 잃어버린 엄마보다도 죽음에 대해 전혀 이해하지 못했던 나 자신이 이상하다고 해야 할까? 물론 그때 나는 아주 어린 나이이기는 했다.

— 저기, 저쪽이죠.

떡갈나무와 소나무 군락 위, 북두칠성이 떠 있는 하늘로 고개를 돌려서 나는 일부러 오래 바라보았다. 엄마가 늘 알려주던 방향이었지만 눈에 그렁거리는 물빛 때문에 별들은 희미했다.

— 그래, 그래… 내 머리를, 그쪽으로 좀….

꼬리를 둥글게 말고 모로 누운 엄마는 늦서리를 맞아 노랗게 익은 호박처럼 보였다. 까투리를 사냥하려고 공중으로 솟구칠 때도 엄마는 그렇게 멋진 자세로 도약하곤 했다. 하지만 이제 다시는 개구리 한 마리조차 잡지 못하실 것 같다.

풀벌레 한 마리가 내 꼬리 뒤에서 울기 시작했다. 나는 돌아보지 않았다. 벌써 배가 고프기는 했다. 녀석의 울음소리는 더욱 날카로워졌다.

— 엄마 곁으로 바짝, 이마직 와다오. 귀를….

사위어가는 장작불이 탁 탁 소리를 내듯, 엄마가 내 귀에 마지막 숨결을 불어넣으셨다. 한 마디 말도 빼놓지 않으려고 나는 발끝에 힘을 모으고 귀를 세웠다. 엄마는 일부러 속삭이듯 말씀하셨다.

— 슬픔은 길고….

그렇게 말문을 연 엄마는 엄마가 하고 싶은 얘기를 끝까지 쉬엄쉬엄 다 마치셨다. 그게 엄마의 유언이었다.

— 잊지 않겠다고, 아들아… 약속해다오.

— 잊지 않을게요, 엄마. 약속해요.

북두칠성을 한없이 바라보고 난 뒤, 엄마의 숨은 멎었다. 엄마가 바라본 곳은 별자리가 아니라 백두산 아래 개마고원 쪽이었으리라. 그곳이야말로 우리 부모의 고향이었기 때문이다. 여기 전라도 무안 땅, 승달산僧達山 자락에서는 너무나도 멀고 까마득한 곳이다.

인간은 죽어서 북쪽 어딘가로 간다고 믿는다. 그 북쪽은 중국의 낙양성 십 리 밖 공동묘지로 유명한 북망산이 아니라 실은 북두칠성이 있는 곳이다. 칠성님이 거기 있다. 칠성님이 그곳에 있는데도 불구하고 인간들은 별도로 칠성각이나 칠성단을 따로 쌓아놓고 빌기도 한다.

백사장 세모래 밭에 칠성단을 짓고 임 생겨 달라고 비나
이다.
아무렴 그렇지 그렇고말고 한 오백 년 살자는데 웬 성화
요….

언젠가 얻어들었던 노래를 떠올린다. 그렇게 노래를 부른
것도 인간들이다. 누구라도 오백 년을 살진 못한다. 산다고
하더라도 한 맺힌 삶에서 벗어날 수는 없다. 오백 년을 못
살아서 한이요, 살아도 한스러워서 '한 오백 년'인 것 같다.
엄마가 언급한 슬픔은 그런 한이었을까?

부고를 낸 적이 없는데도 조문객 둘이 찾아왔다. 둘 다 우
리 산동네에 사는 늙은 여우들이다. 그들이라면 산 둘레를
안개처럼 감싸고 있을 죽음의 기미를 이미 감지했으리라.
생명이 소진하면서 세상에 흩뿌려놓고 가는 딱 한 방울의
먹물 냄새 같은 것을….
처음엔 눈치를 보며 어슬렁거리던 그들이 우리 굴속을 들
락거리며 당당하게 음식들을 가져다가 서로 권커니 잣거니
맛나게 음복하고 있다.
하여튼 엄마는 준비성이 부족한 아들을 믿지 못하고 생전
에 이미 많은 음식을 장만해 두셨다. 문상객이 몰려들 경우

에 대비하신 셈이다. 물론 몰려들 손님도 많지 않지만.

어릴 때 엄마가 나한테 그러셨던 것처럼, 이빨로 엄마의 목덜미를 물어서 우리가 살던 굴 안으로 모셨다. 그립고도 면, 우리들 여시가 지닌 비릿한 살 냄새가 굴 안에 자욱했다. 나는 말을 잃은 엄마 입을 바라보면서 슬퍼했다. 반쯤 열린 입 밖으로 비어져 나온 혀가 바다 쪽으로 뻗어 나가다가 멈춘 긴 갑뻐처럼 보였다. 뜨거워진 내 주둥이로 엄마의 혀를 입안으로, 엄마의 뭍으로 밀어 넣으려고 애썼지만 소용없었다.

엄마는 말을 잃었다. 하지만 생전에 엄마가 했던 말들은 넘치고도 남는다.

— 세상에는 선한 인연만 있는 게 아니란다. 인연 중에 절반쯤은 악연이라고 할 수 있지. 그렇다고 네가 먼저 마음의 빗장을 닫아걸지는 말아라.

오소리 굴을 점령하던 날, 엄마가 하신 말씀이 찬 이슬에 젖어 들려왔다. 엄마는 그때 좀 쑥스러우셨는지도 모르겠다.

날이 채 밝기 전에 흙을 쌓아 굴 입구를 막았다. 엄마와 내가 살던 정든 집 대문이 이제 닫힌 것이다. 물론 다른 누군가가 허물고 들어와서 깃들 수는 있다. 우리도 원래 오소리 가족이 살던 굴을 훔친 것처럼… 우리 가족이 함께 모여 살던 날들을 떠올리면 지금도 신이 난다. 신이 넘쳐서 눈물까지 난다.

가을까지는 그럭저럭 괜찮을지 몰라도 겨울이 오면 사냥이 쉽지 않다. 눈 속에 파묻히면 냄새도 사라지기 때문이다. 인간들이야 다를 테지. 그들은 무섭다. 인간들 사이 전쟁으로 말미암아 내 애먼 형제들이 모두 한꺼번에 죽었다.

그날, 엄마는 아들 형제 넷을 거느리고 집 근처 공동묘지로 나가셨다. 우리가 언제든 허기를 달랠 수 있는 장소였다. 인간들이 제사를 지내고 남긴 음식들이 우리 차지였다. 전쟁 직후라서 무덤이 늘었고, 음식도 넘쳐났다.

— 저들 전쟁도 다 끝났구나. 참말로 모진 짐승들이다만, 덕분에 우리가 굶을 일은 적어지겠구나.

엄마는 아마 조금은 느긋하셨으리라. 배부른 내 형제들을 보면서 볕을 쬐고 계셨다고 한다. 봄날 오후 일이었다. 한 무리의 비극은 또 다른 족속에게는 축복이 될 수도 있다. 솔개에 채여 뜯어 먹히고 남은 병아리가 우리 차지가 되듯….

엄마가 잠시 평화를 누리는 사이 내 형제들은 이상한 장난감에 눈독을 들였다고 한다. 그건 전쟁이 남긴, 언제 터질지 알 수 없는 불발탄이었다.

그날 나는 혼자 굴에 남아서 화를 면했다. 어쩌다 그랬는지, 옛일에 대해서는 나중에 얘기해야겠다. 지금은 남에게 어떤 감정을 느낄 만큼 기력이 충분하지 않다.

03

엄마를 보내드리고 나자 별들도 하나둘 자취를 감추었다. 엄마 장례를 치른 게 내가 아니라 자신들이기라도 한 것처럼….

집이 없어진 나는 인간의 마을로 숨어들 생각을 했다. 대처가 그립기도 했다. 인가 근처로 가야 빵 부스러기라도 쉽게 얻을 수 있다. 쥐 떼가 득시글거리기도 한다. 그놈들 한 마리면 하루 양식으로 충분하다.

마을 수탉들이 새벽을 깨우는 울음을 경쟁적으로 내뿜는 소리가 들려왔다. 죽은 내 형은 그 울음이 암탉들에게 어서 일어나 알을 낳으라고 고래고래 재촉하는 소리라고 주장한 적이 있지만 사실인지는 알 길이 없다. 다만 내 경우에는 맹세코 인간 족속이 키우는 달구 새끼를 훔치지는 않는다. 만약 그랬다가는 수명대로 사는 걸 포기해야 한다. 가축이든 식량이든, 인간들은 자기 재산을 빼앗기면 죽을 때까지 잊지 않고 반드시 복수한다.

"여시가 너한테는 언니, 언니 하면서 따르겠다."

"흥! 내가 바로 백여시니까 당연하지 머. 나도 언니 소리 좀 들어야지. 그럼 이제부터는 송여시라고 해야 하나, 송 씨니까?"

"에구, 여시 코빼기!"

헛간에 몸을 숨기고 있는데 건넌방에서 잠을 깬 여자아이들이 티격태격하는 소리가 들려온다. 내가 미처 듣지 못했던, 여시라고 주장하는 근거가 뭔지는 몰라도 말끝마다 여시가 따라붙는 게 심상치 않다. 내 큰 귀가 저절로 쫑긋 일어섰다. 자매 중에서 어린 쪽이 백여시, 송여시인가 보다. 그런데 엉뚱하게도 내가 욕을 얻어먹는 느낌이다.

그냥 산중에서 뱀이나 개구리를 노릴 걸, 하는 후회가 앞선다. 하지만 지금 이 시절의 뱀들은 독이 잔뜩 올라서 위험하다. 개구리는 벌써 땅속으로 파고들었다. 그나저나 여시 소리를 들어야 하는, 스스로도 거리낌 없이 백여시라고 인정하는 저 아이는 누구일까?

옆집 개가 몹시 신경질적으로 짖어대기 시작했다. 놈들이 그저 재미로 짖는 경우는 없다. 필시 내 냄새를 맡고도 남았으리라. 그렇다고 굳이 걱정을 사서 하지는 않을 생각이다. 녀석은 별 볼일 없이 줄에 묶인 신세라는 걸 내가 잘 알고 있다.

저놈들은 우리와 서로 팔촌쯤 되는 친척 사이다. 말하자면 우리는 같은 개과科다. 저놈네가 종손 집안이고 우리는 먼 방계 혈통의 하나라고 들었다. 하지만 원수로 나뉘어 으르렁거린 지 오래됐다. 전쟁을 거치면서 사람들도 일가친척끼리, 심지어 형제가 그렇게 갈라서버린 것처럼.

배 속이 막 꼬르륵, 비명을 지르는 사이 통통한 수컷 쥐 한 마리가 나타난다.

녀석은 제 굴을 빠져나와 수수를 담아둔 함지박으로 향하다가 내 눈에 밟혔다. 나는 눈에 힘을 주고 한껏 부릅떴다. 길게 세로로 찢어졌을 내 눈동자는 녀석에겐 아주 예리하게 벼려진 비수 두 자루처럼 보일 게 틀림없다, 놈은 네 발이 대못에 박히기라도 한 듯 순간 얼어붙고 만다.

— 사, 살려주세요. 장군님! 사흘 굶은 아이들이 누, 눈도 못 감고….

어이없는 거짓말이다. 쥐가 사흘을 굶었다는 변명은 금시초문이다. 녀석의 통통한 몸집이 가증스럽기만 하다. 일일이

대꾸할 가치도 없어서 그냥 앞발을 들어 일격에 놈을 응징해
버린다.

— 짜식, 허튼소리만 안 했어도!

쥐도 그렇지만, 나도 인간을 닮아 가는지 자꾸 무슨 변명
거리를 찾게 된다. 기껏 쥐 한 마리 잡으면서 핑계를 댈 필
요가 전혀 없는데도 말이다. 콧등에 묻은 피를 천천히 혀로
핥는다. 우리 여시들에게 이 순간만큼 느긋하고도 행복할
때가 더는 없다.

사람도 그렇지만 동물도 제각각 특징이 있기는 하다.

우리 여시들을 보면 다들 뾰족한 코와 몸 절반을 차지하
는 풍성한 꼬리만으로, 아! 너였구나, 하고 알아본다. 물론
얼굴만큼이나 큰 귀도 우리들 상징이다. 노루 그 애들은 긴
다리와 미끈한 엉덩이로 자신들을 증명한다. 노루궁뎅이라
는 이름의 버섯도 그래서 생겨났다. 당나귀는 좀 민망하지
만, 귀 빼고 그것 빼면 남는 게 없다고 다들 쑤군거린다.

물론 나무나 풀, 꽃들도 다를 게 없다.

코에서부터 시작되는 우리 여시들의 뾰족한 주둥이가 과
연 우리 탓인지는 모르겠다. 뾰족하고 날카로운 것, 미처 모
르는 사이에 옆구리를 훅 파고 들어오는 어떤 것들을 인간
은 늘 우리 코에 비유한다. 여시 코빼기라고! 냄새를 잘 맡

기 위해서, 또 눈 쌓인 굴속에 숨은 들쥐를 단번에 꺼낼 수 있도록 기껏 우리 주둥이가 뾰족하게 진화했을 뿐인데도 말이다. 그럼, 우리 주둥이가 코끼리 엉덩이라도 닮았어야 했다는 건가?

'여우비'라는 말만 해도 그렇다. 맑은 날씨에 갑자기 흩뿌려지는 비가 여우비다. 그 표현에는 어떤 속임수라든가, 요사스럽다는 뜻을 발톱처럼 숨기고 있다. 그렇지만 누가 뭐라고 하든 우리끼리는 여우비를, 구름이 우리를 사랑해서 흘리는 눈물이라고 얘기한다. 아주 멋진 표현이 아닐 수 없다. 우리가 이따금 하늘을 보면서 캥캥 울 때, 구름도 우리와 함께 울어주는 눈물이 여우비다.

어떤 애들은 구미호가 하늘에서 흘리고 가는 눈물이라고 주장하기도 한다. 구미호는 무슨? 그것들은 세상에 없다. 그저 우리 여시의 다른 별칭일 뿐이다. 혹시 우리 여시들 꼬리가 하도 크고 풍성해서 길게 세로로 나눈다면 아홉 마리 노루 꼬리 정도 될는지는 모른다.

우리 여우들에 대해서 가장 큰 편견을 가졌던 사람은 아마도 이솝Aesop이리라.

까마귀에게 노래를 잘한다고 부추겨서 입에 물고 있던 치즈를 떨어뜨리게 만든 일화는 분명한 사실이었다고 인정한다. 하지만 다리 난간에 앉아있던 까마귀를 속였던 게 아니라 원래는 마을 밖 호두나무 위 까마귀에게 부린 수작이었다고 한다. 물을 싫어하는 여우가 미쳤다고 다리 아래를 어슬렁거렸겠는가? 이솝은 어릴 때 호두를 잘못 먹어 급체를 한 뒤로 호두 알레르기가 있어서 우화의 배경을 다리 아래로 바꿨다고 했다.

까마귀의 경우는 그렇다고 치자. 하지만 포도 얘기는 송두리째 거짓이다. 당시 이솝의 눈에 띄었던 여우는 나무에 올라가 혹시 잘 익은 포도 한 알이라도 없는지 샅샅이 뒤졌다고 한다. 맹세컨대 잘 익은 포도를 그냥 포기하고 돌아설 여우는 세상에 없다. 그런데도 끝내는 게으른 여우 얘기로 둔갑을 시키고 말았다. 이런 게 편견의 증거가 아니고 무엇이겠는가?

두루미와 관련된 우화는 정말이지 악의적이고도 어처구니없다. 조금만 생각해 봐도 말이 되지 않는다는 걸 알 수 있다. 이솝은 여우가 먼저 두루미를 초대해서 긴 부리 새들이 먹기 사나운 접시 음식을 대접했다고 썼다. 그래서 두루미도 여우를 초대해서 골탕을 먹이느라고 호리병에 음식을 담아냈다고… 아니, 한번 생각해 보시라. 우리들 여우가 정

말로 미쳤으면 몰라도 두더지나 꿩, 두루미를 먼저 초대해
서 음식을 대접하겠는가 말이다. 잘 봐달라는 부탁과 함께
먼저 여우를 초대한 건 두루미였다. 그런데 그 모자란 두루
미가 호리병에 음식을 내놨던 것이고, 여우가 녀석의 무례
를 점잖게 나무라는 뜻으로 놈을 일부러 집에 불러 접시 음
식을 내밀었던 것이다.

그럼, 혹시 우리 여시들만 알고 있는 후일담에 대해서는
들어본 적이 있는가?
이솝의 거짓 얘기를 듣고 당시 그리스의 여우들은 몹시
분개했다고 한다. 그래서 아테네 전쟁사를 통해 익힌 대로
민족애와 의협심이 남다른 무리로 특공대를 조직했다. 일단
설득을 하고 말이 영 통하지 않으면 이솝의 손등을 물어뜯
거나 손모갱이를, 아니 손목을 부러뜨려 다시는 얼토당토않
은 거짓을 퍼뜨리지 못하게 만들 심산이었다.
안타깝게도 거사는 실패했다. 그러나 분노에 차서 이글이
글 불타오르는 여우 떼의 눈을 담장 횃불 아래에서 직접 목
격해야만 했던 이솝은 소스라치게 놀라고 말았다. 그 결과
마지못한 척 몇몇 우화를 수정하지 않을 수 없었다.
오늘날까지도 이솝우화에 여러 이본異本이 전해지는 이유
는 그 때문이라고 했다. 그래도 여우에 대해 왜곡된 맨 처음

의 얘기는 고스란히 세상에 남았다.

바르게 정정된 뒷얘기들은 언제나 앞 소문에 가려 사라져 버린다. 그게 세상 모든 소문과 이야기의 속성이다.

04

　우리 여시들이 옛날 얘기를 들려주면 얼간이 까마귀나 두루미들은 흔히 묻곤 한다.

　— 아니, 그런 걸 어떻게 다 아시고… 책을 읽으시는 겁니까?

　책은 무슨? 여시가 책을 읽을 수는 없다. 책은 인간이나 읽고, 우리 여시들은 바람소리를 들어야 한다. 물론 책 한 줄 읽지 않아도 충분히 행복하다고 여기는 사람이 있듯 바람에 무심한 여우들이 없는 건 아니다. 그러나 내가 하려는 얘기는 그게 아니다. 어차피 바보 여우는 내 관심사가 아니니까.

　낮말은 새가 듣고 밤말은 쥐가 듣는다는 속담이 있다. 낮말이든 밤말이든 사실은 바람이 듣는다. 그러니 바람의 말을 새겨들으면 만사형통이 될 수 있다. 바람 속에는 동서고금의 온갖 정보와 지혜가 숨어 있을 뿐더러 또 바람이라는 존재는 모든 시대와 경계를 초월하는 전령사다. 만약 어느나라 국경 검문소에 걸려 허둥대는 바람을 본 적이 있다면 내 말을 믿지 않아도 좋다.

우리 여시의 귀는 거의 꼬리만큼이나 특징적으로 크다. 그렇다. 바람소리를 잘 가려 듣기 위해서 수억 년 동안 진화를 거듭한 결과다.

인간들의 귀라고 해서 진화를 마다했을 리는 없다. 그들도 한때는 우리처럼 대단한 청력을 지닌 귀를 가졌었다. 바람소리만 듣고도 비가 오려는 건지 눈이 오려는 건지 억수장마가 지려는 건지 다 파악을 끝내곤 했었다. 그런데 변덕이 죽 끓듯 하는 인간들은 스스로 자신들의 능력을 내팽개치기 시작했다. 그러다가 또다시 밝은 귀로 세상 소식을 들어야 할 필요가 있다고 여겨지자 이번에는 엉뚱한 물건들을 만들어내기 시작했다. 전화기나 라디오, 티브이 같은 것들 말이다.

인간들은 그렇게 본성이라든가 특질들을 스스로 버린다. 그리고 대신 무엇인가에 의탁하기를 즐기는 동물이다. 그러거나 말거나 우리가 상관할 일은 아니지만.

어쨌거나 배불리 먹었더니 졸음이 몰려오기 시작한다. 마당이 깊은 이 집 헛간에서라면 숨어서 좀 묵어가도 괜찮을 것 같다. 그래, 그러자. 인간들의 먼 땀 냄새가 바람결에 실려 온다. 싫지는 않다. 그들 땀에서는 소금 맛이 난다.

엄마가 묻힌 굴 주변까지는 왠지 가고 싶지 않다. 만약 그리로 가게 된다면 며칠 밤 내내 뜬눈으로 별이나 세고 있을 게 뻔하다. 내 울음소리가 죄 없는 별 하나를 툭 떨어뜨릴 수도 있다. 어두운 허공 한가운데로 찌익, 직선을 그으며 곧장 사라져 간 유성이라는 이름의 별똥별들은 모두 우리와 같은 어떤 생명들의 울음이 만든 천체 현상이라고 한다.

그렇게 자취를 감춘 별 중 상당수는 우리 여시들의 탄식과 눈물이었다는 것을 직접 목격했다고… 이 얘기는 해 질 무렵, 여우비를 몰고 왔다가 내 곁에서 잠시 숨을 고르고 있던 바람에게서 들었다.

그래도 가야 할까? 몸살 기운이 몰려오는지 누군가에게 흠씬 두들겨 맞은 듯 온몸이 바근바근하다. 영락없는 우리네 여시 성격이 그렇듯, 나는 쉽게 결정하지 못한다. 에라, 그냥 한숨 쉬고 나서 생각하자.

날이 밝아지고 나서야 나는 인기척에 놀라 눈을 떴다. 꿈도 없는 잠이었다.

"내가 비밀 하나 알려줄까?"

소녀의 첫 인사말은 그것이었다. 떨면서도 속삭이는 듯, 소녀의 음성이 몽롱한 내 귓바퀴를 파고들었다. 돌이켜보면 그게 인간과 여우를 잇게 만들었던 최초의 마법과도 같은 말이었다. 여시가 언니 삼자고 매달릴 거라던 바로 그 아이라는 사실을 직감으로 알았다.

이게 무슨 꼴이지? 낭패스럽기 짝이 없었다. 지금이라도 담을 넘어 줄행랑을 놓아야 마땅했지만 꼼짝할 수가 없었다. 지난밤 내 눈에 띄어 벌벌 떨던 쥐처럼.

소녀는 겁도 없이 가만히 서서 나를 응시했다. 나도 뒷다리 사이로 꼬리를 말고 엉덩이를 최대한 뒤로 뺀 채 그 애의 눈을 잔뜩 노려보았다. 여차하면 물어뜯을 계획이었다. 일고여덟 살이나 됐을까? 세로로 길게 찢어진 내 동공과 아이의 동그란 눈동자 사이로 희붐한 새벽 기운이 서렸다.

"어디 아프니?"

순간, 그 애의 진지한 눈빛에도 불구하고 우리 둘 사이가 아주 싱거워지고 말았다.

아프냐고? 어디 다친 데라도 있어서 자기 집 헛간으로 몸을 숨긴 줄 알았던 모양이다. 간밤에 멀리, 개마고원 쪽으로 돌아가셨을 엄마 얼굴이 떠올랐다. 아픈 곳은 없어도 나는 아프다.

"알았어. 아프지 않으면 됐어."

아까보다도 더 싱겁게 만드는 혼잣말이었다.

내가 비밀 하나 알려줄까? 아프냐고 묻고 난 다음 말이 그랬다. 이러지도 저러지도 못하고 나는 자리를 지켰다. 할 수 있는 일이 없었다. 뒤로 뺐던 엉덩이를 아주 조금 풀고, 위로 추켜올렸던 입술을 도로 다무는 도리 밖에는.

"땅 위에 얌전히 놓인 음식에는 말이야. 모두 쥐약이 섞여 있거든! 우리 엄마도 가끔 만드시는 거야. 그걸 먹으면 너도 죽어. 알아?"

혹시라도 내가 무슨 얘긴지 이해하지 못할까 봐 소녀는 손짓 발짓을 다 동원했다. 그 애 말은 더 이상 싱겁지 않았다. 싱겁지 않게 느끼는 내 입맛을 다 파악하기라도 한 것처럼 소녀가 다그쳤다.

"세상에 공짜는 없는 거야. 우리 동네 고양이나 살쾡이나 너구리들, 너희 같은 여시는 말할 것도 없고, 심지어 사람도 쥐약을 먹고 많이 죽었어. 공짜를 먹었다가는, 그만큼 뱉어 내야 하는 거야. 항상 자기가 먹은 양만큼 머리를 내놓든지, 꼬리를 바치든지… 진짜로 명심해야 돼. 알았지?"

훗날의 일이지만, 세상에서 인정을 받으면서 살게 될 그 애의 소녀 시절은 그랬다. 우리 여시들 코빼기들이 앞을 다투어 언니 삼자고 할 만큼… 하지만 내가 언니를 삼고 싶었다면, 물론 아주 고맙게도 비밀 정보를 얻어듣긴 했지만 단지 그 때문만은 아니었다.

이제 그쯤 해서 뒷발을 디딤돌 삼아 울 밖으로 뛰어올라야겠다고 결심한 순간에 그 애가 서둘러 작별 인사를 했다.

"또 와줄래…?"

소녀의 말이 더할 나위 없이 따스하게 내 가슴을 채웠다. 내가 인간에게 초대를 받은 것이다. 설마, 호리병 음식을 내놓지는 않겠지? 내가 히죽 웃었다.

우리 부족은 개과이면서도 가문의 종손인 개와는 결정적으로 다른 점이 있다. 그건 종손들과는 달리 우리 방계 혈통의 특징은 고양잇과처럼 발톱이 안으로 굽는다는 사실이다. 나는 소녀 얘기를 듣는 순간, 저절로 힘이 스르르 빠지면서 발톱을 풀어놓고 말았다.

— 끄응!

내 입에서는 한숨도 그렇다고 웃음도 아닌 콧소리가 저절로 새어나왔다.

"뭐라구? 다음에 올 때는 꿩을 잡아다 주겠다고? 꿩 꿩 하고 우는 꿩을? 그럼 잠시만 기다려. 내가 수수엿¹⁾을 좀 갖다 줄게. 우리 집이 엿 공장이거든."

---

1) 노천명, 「이름 없는 여인이 되어」, "… 놋양푼에 수수엿을 녹여 먹으며…"

그리고 그 애는 돌아섰다. 나는 그 틈을 노려 잽싸게 헛간을 빠져나왔다. 엿이라는 말만 들어도 입안에 단침이 고였지만 기다리고 앉았다가 그걸 받아먹을 만큼 염치 없는 여우는 아니었다. 하룻밤 신세 진 일만으로도 감지덕지였다. 더구나 그 엄청난 비밀까지….

그 애는 아무리 봐도, 인간 백여시가 틀림없는 듯했다. 하긴 머, 스스로도 송여시라고 했으니까.

여시인 내가 소녀를 여시로 인정했다.

05

지나간 모든 일들은 낮은 곳에 모여 잔잔하게 출렁거리는 물결 같다. 기억이란 그렇게 그냥 고여 있다. 아주 극히 일부분만 공중으로 증발하거나 어딘가 터진 틈을 헤집고 새어 나갈 뿐….

조팝나무 숲 덤불에 몸을 숨긴 채, 나는 산 아래로 펼쳐진 다도해를 바라보며 엄마를 그리워했다. 과거의 기억이 그저 출렁거리는 물결이라면 앞으로 닥칠 미래의 일들은 하늘 저편을 불안스럽게 몰려다니는 먹구름 같다. 무엇으로 변해서 내 앞에 떨어질지는 모른다.

절로 익어 떨어진 다래를 실컷 주워 먹었더니 입안에서는 아직도 단내가 가시지 않는다. 하지만 너무 농익어서 물러터진 다래 무더기에는 으레 쉬파리가 꾀듯 내 맘속으로는 쉬파리 같은 걱정들이 꼬인다. 엄마를 잃은 자리가 아주 크고 깊은 구덩이처럼 느껴진다. 빠져들면 꼼짝없이 갇혀서 헤어 나오지 못하는 함정 같은.

내가 누군가에게 꿍을 빚졌던가?

붉게 물든 개옻나무 단풍잎 사이로 소녀의 얼굴이 스쳐 지나간다. 왜 하필 개옻나무 사이로 보였는지는 모르겠다. 옻은 약재가 분명하지만 누군가에게는 독이 되기도 한다. 내가 인간과 인연을 맺게 될 줄은 몰랐다. 물론 싫지는 않은 일이다.

— 얘, 너 거기 숨어 있는 거 다 보인다. 포수한테 한 방 맞기 딱 좋거든!

난데없는 목소리에 깜짝 놀랐다. 고개를 움츠린 채 돌아 보니 이 산중에서는 전에 못 보던 웬 여시년이 재수 옴 붙는 소리를 한 것이었다. 내 또래쯤 돼 보이는 암컷 여우였다. 말할 나위도 없이 순간 나는 비위가 상하고 말았다.

우리 아버지는 총에 맞아 돌아가셨다고 했다. 한 방도 아 니고 몸에 벌집이 날 만큼 무더기로 총알 세례를 받고… 그 래서 총은 나에게도 정신적 충격으로 남아 있다. 한달음에 달려가 군밤이라도 하나 먹여줄까 했는데, 윤기가 자르르한 여시년의 노란 털빛이 나를 막아선다. 이제 막 활활 타오르기 시작하는 모닥불 같다.

— 내가 불 맞으면, 넌 거기서 온전할 것 같아? 바위 위에 오똑 서서?

나도 지지 않고 물귀신처럼 붙잡고 늘어진다. 만나자마자 초면에도 불구하고 서로 저주를 퍼붓는 셈이다.

— 너! 내 말을 고깝게 듣는 걸 보니, 아직 어리구나. 그치?

그 애가 눈을 흘기더니 토라진 것처럼 휙 돌아섰다.

— 너, 잠깐 기다려!

— 어린애하곤 할 얘기가 없다, 얘.

내가 어리다고? 아마 그럴지도 모른다. 하지만 여시년이 영 마뜩지 않다. 저걸 뒤쫓아 가서 내가 어리지 않다는 걸 직접 증명해 보일까? 부아가 치밀어 몸이 저절로 부들부들 떨렸다. 그 애가 사는 굴을 힘으로 빼앗을까? 도랑 치고 가 재까지 확 잡아버릴까?

앞으로 살아가야 할 집을 마련하는 게 우선이어서 그런 생각을 했던 것 같다. 내가 본 적도 없는 아버지의 죽음이 떠올랐기 때문만은 아니다. 아무리 그래도 그렇지, 어리다 는 표현은 맞는다고 인정해야겠다. 나 말고 숙맥이 따로 없 었다. 어쨌거나 우리의 첫 만남은 그랬다.

그 애의 선한 뜻과 말에서 시작된 인연이기는 했어도 종 내는 다툼으로 이어지고 말았다. 하지만 모든 젊음은 다 마찬가지 아닌가? 그런저런 후회 때문에도 청춘은 더 아프고 찬란할 수밖에 없다.

몰래 여시년 뒤를 밟았다. 어디 사는 누구인지는 알아둘 필요가 있었다. 뒤끝 작렬하자는 건 아니었다. 나는 그런 인물까지는 되지 못한다. 인물? 여시 말이다.

— 이놈아, 증말 못 비키겠어?

용케 여시년을 따라잡았는데, 벌써 또 웬 길고양이 한 마리와 시비를 벌이는 중이었다. 둘은 금방이라도 한판 붙을 듯 서로 험악한 표정으로 대치하고 있었다. 상황이 심각했다. 싸움을 하든 말든 처음에 나는 눈만 빼꼼 내민 채 지켜보았다. 그냥 구경이나 할 생각이었다. 세상에 싸움 구경과 불구경만큼 신나는 건 없다고 인간들이 말하는 소리를 들었다. 맞는 말이다.

우리 여우에게 불구경은 좀 위험스럽기는 하다. 까딱해서 불똥이라도 튀었다가는 그야말로 한순간에 여우구이 신세를 면치 못할 수도 있으니까. 그러니 싸움 구경이 최고다.

우리 세계도 인간들처럼 낮과 밤으로 이루어져 있다. 우리라고 해서 무슨 밤밤낮을, 낮낮밤을 사는 건 아니라는 뜻이다. 이 말을 굳이 꺼낸 이유는 인간들이 우리를 너무 모르거나 오해하기 때문이다. 다만 좀 다른 점은 있다. 낮과 밤

을 서로 나누어 살듯, 우리 삶의 절반쯤은 싸움으로 이루어
진다는 사실이다. 자나 깨나 싸울 일들이 생기곤 한다. 그래
서 여시의 한평생을 가리켜 투쟁의 역사라고 말하는 점잖은
이들도 있다. 제법 예리한 통찰력이라고 해야겠다. 나는 그
말을 좋아한다. 우리 여우는 더 나은 삶을 위해 기꺼이 투쟁
할 줄 아는 동물이다.

　— 까불지 말고 비껴! 증말 못 비키겠어?
　여우가 지나가지 못할 정도로 세상이 좁은 게 아니니까
그냥 옆으로 지나쳐도 된다. 그런데도 여시년은 우회로를
선택할 마음이 없어 보였다.
　— 이거, 왜 이래? 통행세를 좀 내고 가시든가….
　— 개코에도 안 닿을 소린 집어 쳐. 인간들에게 알랑거리
면서 살더니 덜떨어진 소리만 배웠구나?
　— 이런, 쌍!
　길냥이 녀석이 앞발을 들어 일격하는 순간 여시년이 사뿐
하게 물러서며 발톱을 피한다. 그 정도야 대단할 것도 없는
기본 동작이기는 해도 제법 날래다는 생각이 든다.
　우리 여우와 고양이는 수천 년 동안 싸워왔다. 누가 일방
적으로 이기거나 진 적이 없어서 지금도 여전히 싸운다. 세
상에 이런 앙숙도 없을 지경이다. 여우와 고양이가 그렇듯,

고양이와 개 사이가 그렇고 또 개와 우리 여우 사이 관계도 마찬가지다. 말 그대로 악연이다.

여시년이 주먹을 피하자 길냥이 녀석의 머리가 돌아버린 모양이다. 놈이 휙 몸을 솟구쳤다. 태평스럽게 싸움 구경을 하려고 느긋해져 있던 나는 그제야 정신을 차렸다. 누구 편에 서야 하는지, 그리고 지금 이 순간이 얼마나 좋은 기회인지를.

— 어이, 도둑괭이 양반! 웬만하면 길을 비켜주지 그래?

앞으로 나서면서 나는 눈꼬리 근방을 한껏 찢어 보였다. 길냥이 놈이 이건 또 뭔가 싶은지 네 발을 한데 오므리고 눈치를 살폈다. 나는 그때를 놓치지 않고 언젠가 인간들에게서 배웠던 욕을 따발총처럼 난사했다.

— 눈깔을 콱 뽑아뿌러가꼬 꼴프채로 장타를 날려주까잉? 겁나게 아플 거인디, 어쩌?

길냥이놈은 내 욕을 듣고 지레 겁을 먹은 게 분명했다. 슬슬 뒷걸음질을 치더니 순식간에 자취도 없이 사라지고 만다. 인간들만의 표현을 좀 더 익혀둬야겠다.

— 고마워. 여기서 죽는 갑다 하고 내심 떨었는데….

여시년이 답례를 했다. 그 애답지 않은 말투였다.

— 넌 불 맞을 일은 없을지 몰라도 자존심 때문에 명대로 살기는 힘들겠다야. 안 그래?

그런 말까지는 할 필요도 없었는데 그랬다. 마음에 앙금이 남아있었던 모양이다. 다행히도 여시년은 더 이상 대꾸하지 않았다. 대꾸를 하지 않은 정도가 아니었다. 그 애가 내 집, 내 굴을 알선해 주었다.

내가 살게 된 승달산의 새 집은 그렇게 그 애 도움으로 장만했다. 물론 인간들처럼 주택자금을 대출받게 해주었다거나 그런 건 아니다. 그 애가 썩 괜찮은 토끼 굴에 대한 정보를 내게 귀띔해주었고, 내가 그곳을 강제로 빼앗았다.

랑浪이라는 여시년은 그렇게 만났다. 인간 소녀를 알게 된 직후였지만 묘하게도 둘 다 엄마를 잃고 난 이후의 일이었다. 내게도 첫사랑이 찾아왔던 것이다.

o6

첫서리가 내린 날 아침, 나는 드디어 꿩 사냥에 도전했다. 산중에 내리는 서리는 유난히도 차고 시리다. 그래서 모든 계절을 통틀어 서리만큼 계절이 바뀌는 변화를 실감하게 만드는 것도 없다.

소녀에게 외상 아닌 외상을 갚아야 했다. 내가 조금이라도 억울해했던 건 물론 아니다. 억울하기는커녕 알 수 없는 어떤 기대감 같은 게 더 컸다. 꿩을 엿으로 바꿔 먹을 수도 있겠다는 은근한 바람 따위가 전부는 아니었다.

자라서 점차 어른이 되고, 내가 나 자신을 위할 뿐만 아니라 나아가서는 남을 위해 무엇인가를 하게 된다는 그런 류의 성취감을 맛보고 싶어졌다고 해야겠다.

꿩을 사냥하려면 인가 근처 콩밭을 뒤지면 된다. 콩을 얼마나 좋아하는지, 녀석들은 입만 열었다 하면 콩콩, 하고 떠들어댄다. 누군가는 그 애들이 꿩꿩, 하고 운다고 주장하지만 내 귀에는 달리 들린다. 분명 콩콩! 이다. 녀석들이 콩을 얼마나 좋아하는지는 아이들이 부르는 노래만 들어봐도 짐작이 된다.

꿩꿩 장 서방 뭐 먹고 산가? 아들 낳고 딸 낳고 뭐 먹고 산가?
아들네 집서 콩 한 섬 딸네 집서 팥 한 섬, 그작저작 산다네.[2]

그렇더라도 만약, 꿩을 콩이라고 부른다면 헷갈리는 게 한둘이 아닐 테니까 그냥 꿩이라고 해두자. 다만 한 가지, 우리 동물들이나 저 인간들이나 공통점이 하나 있다. 좋아하고 탐닉하는 것들 때문에 끝내 병을 얻고 목숨을 잃는다는 사실이다. 자기가 싫어하는 것들이 자신을 해치는 경우는 아주 드문 법이다.

곰만 해도 그렇다. 곰 아저씨는 꿀만 보면 사족을 못 쓴다. 그래서 인가까지 거침없이 내려가 꿀을 훔치다가 죽임

---

2) 전라도 지역 민요

을 당하고 만다. 우리 옆 동네 곰 아저씨가 작년에 당한 일이어서 잘 안다. 꿀에 목숨을 걸었으니 당연한 결과다. 모든 집착의 뿌리는 과욕이고, 과욕은 죽음의 자양분이다. 이건 내가 엄마에게 들었던 진리 중에 하나다.

언젠가 인간들이 쑤군거리는 걸 내가 직접 엿들은 적이 있다. 여시하고는 살아도 곰하고는 못 산다고. 혹시 꿀 때문에 생겨난 속담은 아니었을까? 아니라면 말고.

사냥을 앞두고 혼자 공중으로 도약하면서 동시에 몸을 뒤트는 연습을 했다. 이 운동은 사뿐하게 착지하는 게 중요하다. 고양이나 살쾡이 같은 놈들이 잘하는 동작 말이다. 까딱하다 머리를 먼저 땅에 찧었다가는 골병이 들 수도 있다는 게 문제이긴 하다.

내가 아는 산동네 여우 형이 자랑삼아 시범을 보인답시고 바위에서 뛰어내리다가 몸을 버린 적이 있다. 자랑은 함부로 하는 게 아니고, 만용은 어디서나 금물이다.

형제들이 살아 있다면 함께 연습하면서 서로 배울 수도 있을 텐데… 그들이 몹시 그리워진다. 우리, 엄마도.

산 아래 콩 밭둑에 몸을 숨긴다. 바로 그 소녀네 밭이다. 밭에서도 소녀네 앞마당이 훤히 내려다보인다. 수수엿 냄새가 풍겨오는 것도 같다. 물론 학교에 가있을 시간이라서 그 애 모습은 눈에 띄지 않는다. 같은 또래들이 전부 모이는 학교는 얼마나 재미있는 곳일까? 우리에게도 그런 학교가 있다면 참 좋겠다.

이미 추수가 끝났지만 콩 이삭을 노리는 놈들이 분명 있을 것이다. 소녀가 난데없이 꿩 얘기를 꺼낸 것도 어쩌면 이 콩밭에서 꿩을 자주 목격했기 때문이리라. 소녀도 역시, 별명이 백여시 송여시니까, 물어보나 마나 꿩꿩 장 서방이라는 노래를 잘 알고 있을 테고.

콩은, 아니 꿩은 너무 소심해서 목숨을 잃을 때가 많다. 제 발소리에도 놀라고, 제 울음에도 놀라서 비명을 질러대다가 위치를 자주 노출하곤 한다.

참으로 한심한 놈들이다. 하지만 그게 내 생명에도 치명적으로 위협이 될 수 있다는 걸 안다. 녀석이 갑작스럽게 울부짖으면 영리한 포수들은 눈치를 챈다.

우리 같은 여시든 살쾡이든 바로 근처에서 꿩을 노리는 존재가 분명 있을 거라고 말이다. 포수가 설마 그 순간에 꿩을 노릴까? 그렇다면 꿩은 우리가 생각하는 것보다 훨씬 더 영리한 놈들일 수도 있겠다. 놀라서 고작해야 울음을 터뜨리는 행위 하나로 마지막 순간에 남의 도움을 청해본다거나 포수의 총구를 다른 데로 유도하려는 수작이라면.

도저히 이해할 수 없는 건 녀석들이 도망치다가 여차하면 머리를 처박는 버릇이다. 누군가에게 쫓기면 짚단이든 덤불이든 가리지 않고 머리만 우선 숨기고 본다. 자기가 볼 수 없으니 뒤를 쫓아오는 상대도 자기를 볼 수 없을 거라고 믿는 행동일 것이다.

그걸 두고 만 종류 동물을 통틀어서 제일 멍청하기 짝이 없는 짓거리 중 하나라고 우리 여시들은 손가락질을 하곤 했다. 하긴 뭐, 멀리 날 수도 없는 처지에 겁까지 많은 아이들이라 얼마나 두렵고 무서우면 그럴까 싶은 마음도 아주 없지는 않지만.

—콩, 콩!

녀석이 이윽고 나타났다. 가엾다는 생각은 버려야 하는 순간이다. 붉은 뺨도, 하얗게 칠한 연지 곤지도, 목에 두른 청록색 목도리도 아주 매력적이다. 깃털 전체가 호사스러운 장 서방, 장끼였다.

한 차례 더 주변을 꼼꼼하게 살펴보았다. 그리고 불어오는 바람 자락에 인간은 없는지 코를 킁킁대며 냄새를 확인했다. 설마 콩밭 근처까지 덫이 설치돼 있지는 않겠지? 꿩도 아주 신중했다. 녀석은 밭 가운데 눌러앉아서 콩알을 찾지는 않았다. 콩 한두 개를 집으면 재빨리 밭둑으로 물러났다가 다시 눈치를 보며 나타나곤 했다.

녀석이 돌아오는 지점 가까이 접근할 때는 가슴이 콩콩 뛰었다. 낮은 포복 자세여서 심장 뛰는 소리가 땅에 전해지지나 않을지 걱정되기도 했다.

드디어 밭둑으로 돌아오던 녀석의 눈과 내 눈이 한 자쯤 되는 거리를 두고 불꽃처럼 마주쳤다. 녀석은 순간 몸이 굳어버린 듯 걸음을 멈추었다. 날아올라야 할지, 아니면 뒤돌아서야 할지 아주 잠깐 놈이 망설이는 사이에 나는 반사적으로 몸을 솟구쳤다.

— 에고, 산신님! 인사가 늦었습니다. 진지는 드셨는지요?

꿩은 내 발톱 밑에서 뒤늦게 아는 체를 했다. 자기 운명을 헤아릴 수 있는 자들은 구차하게 매달리지 않는다. 비록 발버둥을 칠망정 쥐들과는 확연히 다르다.

— 오냐! 고맙구나. 숨통이나 단숨에 끊어주마.

— 황송한 일입지요.

똑같이 한입에 들어오긴 해도 쥐와 꿩을 무는 느낌은 서로 다르다. 대부분 몸통 전체를 물어야 할 때가 많아서 쥐는 쉽게 숨이 끊어지지 않는다. 놈들은 마치 막 나온 생두부 한 모를 입안에 욱여넣고 씹을 때처럼 물컹한 느낌이 든다. 반면에 꿩 목은 엿가락 같아서 입에 물기도 수월할 뿐만 아니라 쉽게 톡 부러지고 만다.

— 하늘이 자네를 불렀다네. 난 그저 심부름을 왔을 뿐이고. 저승사자라고 여기는 게 편할 것 같으면 그리 믿어도 좋겠지. 하여튼 양해하시게.

— 콩!

죽으면서도 또 콩이었다. 콩을 원망하는 소리였을까? 그건 아니었을 것 같다. 녀석은 틀림없이 자기 이름을 불렀으리라. 그렇게 함으로써 약자로 살다가 죽어야 하는 스스로의 운명에 대해 비로소 훤히 깨닫는 대각大覺의 탄성을 내질렀을 것이라고 믿는다.

나는 두 무릎을 꿇고 숨을 골라가면서 짧게나마 녀석의 명복을 빌었다.

07

그해 겨울의 끝자락, 그러니까 해를 넘기고 난 뒤에 나는 꿩 한 마리를 더 잡았다. 겨울이 오면서부터 여러 차례 꿩을 노렸지만 번번이 실패를 거듭한 뒤의 성과에 지나지 않았다. 아무리 동네북 같은 신세의 꿩이라고 해도 항상, 날 잡아 잡숴 할 정도로 만만하지는 않은 법이다.

이번에도 물론 장끼였다. 일부러 장끼를 노렸다. 닥치는 대로 암컷 까투리까지 잡을 수는 없지 않은가? 겨울이긴 하지만 혹시라도 까투리가 거느린 올망졸망한 새끼 꺼벙이들이 있을지도 모르기 때문이다. 아, 그 아이들이 나처럼 엄마를 잃는다면 여우로서도 차마 볼 수 없는 참상이 벌어지리라. 문제는 그뿐만이 아니다. 까투리가 사라지고 부족해질수록 숲속 장끼 수컷들에게는 오로지 서로 침략하고 죽이는 전쟁만 남게 된다. 바람의 말이 그랬다. 그렇다면, 암컷 아닌 수컷들이 부족한 세상에서는 전쟁 가능성이 그만큼 감소할까?

내친김에 바람에게 들었던 말을 여기 옮겨야겠다. 내가 사는 승달산 남쪽 섬은 승냥이 떼 소굴이다. 거기 암컷 승냥이들은 수컷들보다 결코 수가 적지 않았다. 그런데 유난히 암컷들의 욕심이, 입이 컸던 모양이다.

그곳 수컷들이 침략을 일삼았던 건 그 때문이라고 볼 수밖에 없다. 지친 수컷들은 할 수 없이 암컷들의 입을 꿰매려고 애썼다. 그래, 내가 봐도 그쪽 암컷 승냥이들의 입은 다행히 요즘에는 생쥐 굴 입구만큼 작아졌다.

서북쪽 너구리 산중은 또 어떤가? 거기 암컷들은 고대로부터 수컷 무리를 종종 쥐 잡듯 꼼짝 못 하게 지배했다. 수컷들이 할 수 없이 밖으로 눈을 돌려 전쟁에 탐닉하게 된 이유가 그 때문이었으리라.

나중에 수컷들이 자신들의 힘과 세력을 회복했을 때, 그들은 모든 암컷들에게 함부로 나다니지 못하도록 질기고 좁은 가죽 신발로 발을 가두도록 종용했다. 한 손에도 올릴 수 있도록 발이 작아야 미인이라는 그들 전족纏足 문화는 아마 그렇게 생겨났을 것이다.

내가 겪은 건 아니더라도 전쟁은 지긋지긋하다. 엄마 생각을 하도 많이 했더니 바람이 그런 얘기까지 들려줬던가 보다.

저번 꿩은 소녀네 부엌에 물어다 놓고 그냥 뒤돌아 나왔다. 여우가 사람에게 공치사를 듣기도 민망할 것 같았다. 여시와 송여시, 단둘이 있는 자리라면 몰라도….

진짜 이유는 좀 다르다. 인간의 말을 알아듣는 여시들은 흔히 구미호 취급을 받는다. 그래서 들었으면서도 듣지 않은 체하는 경우가 많다. 누군가가 꿩꿩, 하고 말하는데 그게 뭔지도 모르는 천치 여우는 이 세상에 하나도 없다. 비록 쥐라고 하더라도 그걸 모를까?

하지만 만약 둔갑술이라도 부릴 줄 아는 것으로 오해를 받는다면 낭패다. 인간 세상의 여자들 가운데 상당수는 둔갑하는 여시에게 만큼은 절대 너그럽지 않다는 얘기를 귀가 따갑도록 들었다. 앞뒤 거두절미하고 무작정 몽둥이를 들고 나선다는 것이다. 여자로 변해서 자기 서방을 꼬여낼까 봐 그런다고 했다. 나 원, 참!

소녀를 만나고 싶었다.

쥐약에 대한 귀띔이 내 목숨을 구했다. 서리가 내린 그해 가을부터 겨울까지, 우리 승달산 근방에서 내가 목격한 여우 죽음만도 셋이 넘었다.

심지어는 내 눈앞에서 죽어가던 여우도 있었다. 비명소리가 요란해서 나가봤더니 이제 막 고통이 절정에 이르러 있는 중년 여우 하나가 몸부림을 치며 땅바닥을 벅벅 기었다. 몸을 흉측하게 비틀면서 토하고, 그게 만병통치약이기를 기대하는지 흙을 마구 파먹기도 했다.

— 애야, 나 좀 어떻게 해다오!

고통으로 눈물이 그렁그렁한 채 그가 나에게 애원했다. 흙보다는 물이 낫지 않을까 해서 응달 아래 잔설을 뭉쳐 돌아왔을 때 그는 이미 숨져 있었다.

그 무서운 정보를 내가 모든 여우에게 알렸다. 여시년에게도 예외는 아니었다. 그 애가 눈을 화등잔 만하게 켜고 놀라던 꼴이라니! 그런데 아무리 백방으로 뛰어다니며 외치고 경고해도 독약이 든 음식에 쉽게 유혹되거나 죽은 쥐에 대한 미련을 버리지 못하는 바보 여우들은 적지 않았다. 여우가 여우 목숨이 아니라 쥐나 파리 목숨으로 살던 시절이었다고 말한다면 믿을까?

헛간에 몸을 숨기고 이제나저제나 하고 있을 때, 소녀가 나타났다. 알고 보니 헛간 옆이 측간이어서 새벽마다 용변을 봐야 했던 모양이다. 그 애 엄마와 언니도 다녀갔지만 그들은 내 존재를 눈치채지 못했다. 그들이 가족 전부였다.

"아니, 너…!"

소녀는 말을 잇지 못했다. 두 손으로 가린 입 사이로 미소가 번졌다.

잡아온 장끼를 내가 앞발로 슬쩍 밀어놓았다.

"지난가을 꿩도 네가 두고 갔지? 엄마는 솔개에 쫓긴 꿩이 우리 부엌에 숨었다가 죽은 거라고 했지만, 난 다 알고 있었어. 그치?"

소녀가 속삭였고, 나는 그냥 눈만 서너 번 껌벅거렸다. 수긍하기가 좀 거시기할 때면 나오는 버릇이었다.

"네가 하도 오지 않아서 혹시 쥐약에 손을 대진 않았는지, 덫에 걸린 건 아닌지 내가 병이 날 정도였다 얘. 고맙긴 하지만 이 꿩 때문은 아니야. 정말이야. 우리 동네 방앗간 옆에 덫꾼이 하나 사는데, 일부러 매일 그 집을 살피곤 했어야. 누가 덫에 걸려 잡혀 오는지 내 두 눈으로 확인하지 않으면 잠도 오지 않았으니까."

한 발짝, 소녀가 내 앞으로 더 다가왔다.

"내가 덫꾼 삼촌에게 부러 물어봤었지. 덫은 어디에 설치하는 거냐고… 대답이 뭐였는지 아니? 바로 너희가 잘 다니는 길목이란다. 그러니 절대로, 절대로 남들이 다들 지나다니는 한뎃길에는 얼씬거리지도 마. 무슨 뜻인지 알겠지?"

오기 잘했다는 생각이 든다. 잘한 정도가 아니다. 쥐약 얘기에 이어 이번에는 덫에 대한 비밀이다. 속절없이 죽어가는 우리 여시들을 몇몇이라도 더 구할 수 있을 것 같다.

"아리야, 너 아직도 측간이야? 잠시 장작불 좀 지키고 있을래?"

부엌 쪽에서 그 애 엄마 목소리가 들려왔다.

"네, 엄마. 좀 기다리세요."

소녀의 이름이 아리라는 걸 처음 알았다. 아리! 내가 그 이름을 입안에 넣고 구슬인 양 굴려보는데, 그 애가 다시 입을 연다.

"그래, 내 이름은 아리야. 송아리! 넌 나한테 언니라고 부르지 않아도 돼. 그 대신 다른 아이들처럼 송아지나 송사리라고 놀리면 안 돼, 알았지? 근데 네 이름은?"

히죽, 반가움을 감추지 못하고 웃어 보이려는 찰나, 목구멍에서 저절로 새어 나온 호흡 소리는 나 스스로도 정말이지 놀라웠다. 호! 그랬으니까. 그리고 그 애는 놓치지 않고 내 대답을 제대로 들었다.

"아, 호라고!"

이름을 불러주는 일이 어떤 의미가 있는지, 사람들은 이미 잘 알고 있으리라. 어떤 시인이 벌써 시로 쓴 적도 있다. 심지어 남의 이름을 지어주고 밥을 벌어먹는 사람들도 있다. 자신만의 빛깔과 향기에 알맞은 이름을 찾아서… 그런데도 인간은 이름을 불러주는 걸 자꾸 머뭇거리는 것 같다. 아예 물어보지도 않는다.

그건 그렇다고 치자. 내가 이름을 알려주는데도 알아듣지 못하는 사람들은 뭔가? 그런 인간들과는 어떻게 관계를 맺고 또 소통할 수 있다는 말인가? 그래, 좋다. 할 수 없는 노릇이다. 이제는 사람을 가릴 수밖에 없겠다. 어차피 나는 사람들의 세계로 발을 내디뎠다. 아리가 나를 끌어주었다. 아, 그렇지. 한 분이 더 있다. 산에서 나를 구해주었던 그 청년!

단번에 내 이름을 제대로 불러준 아리를 떠올리면 좀 엉뚱한 생각이 든다. 그 애는 스스로를 백여시라고 한 적이 있다. 그냥 흰 여우가 아니라 구미호라는 뜻까지 분명히 함축되어 있었다. 그러니 여우가 변해서 여시가 되고, 여시는 다시 백여시나 구미호가 되는 게 아니다. 내 생각이 맞는다면, 여우가 아니라 사람들이 구미호나 백여시 행세를 한다. 그러니 이제 더 이상은 여우를 보면서 저게 혹시 구미호는 아닐까 의심할 필요는 없다.

나는 아리를 믿기 시작했다. 그 애를 잘 따라야 할 것 같았다. 아리가 만약 죽으라고 한다면, 하늘이 부른다면서 자신은 그저 심부름꾼에 지나지 않는다고 한다면, 죽는 시늉이라도 할 수 있을 것 같았다. 그만큼 그 애가 좋아졌다고 고백해야겠다.

백여시는 분명 사람들 중에 누군가일 것이다.

08

개나 고양이나 돼지나, 우리 여시를 막론하고, 아무나 인
간과 가까워지지는 않는다. 서로 필요한 존재가 되거나 각
별한 인연이 있어야 한다. 그렇다. 필요 또는 인연이 절대적
이다. 그게 모든 관계라는 것의 제1법칙이다.

불발탄이 터지는 바람에 형제들이 모두 허무하게 급사한
뒤, 나는 무작정 집을 떠난 적이 있었다. 이른바 가출이었다.
견디기 어려운 심사가 있었고, 나만 무사히 살아남았다는
죄책감도 컸다. 아직 어릴 때였고 독립할 때도 아니었다.
　추운 겨울이었다. 눈보라가 몰아쳤지만 나는 사흘을 쉬지
않고 걸었다. 가끔 계곡물에 목을 축였을 뿐, 아무것도 먹지
않았다. 그러니 탈진해서 쓰러질 수밖에 없었다.

의식을 되찾은 건 어느 동굴 안에서였다. 그런데 웬 인간 청년 하나가 동굴 벽에 등을 기대고 앉아있는 게 눈에 들어왔다. 나는 깜짝 놀라서 일어나려다가 도로 쓰러졌다.

"일어났느냐?"

청년이 여전히 눈을 뜨지 않은 채 물었다. 눈을 뜨지 않은 건 나를 안심시키려는 태도임을 나는 단번에 알아챘다. 인간과 동물이 눈을 마주치는 건 서로에 대한 도전이다. 대부분 동물들이 인간의 눈을 오래 쳐다보지 않는 이유가 그 때문이다.

"산 아래 술도가에서 지게미를 좀 얻어다가 너에게 먹였다. 묽게 탔지만 숙취가 있을지도 모르겠구나. 그것 말고 널 살릴 마땅한 방법이 없었다."

청년이 비로소 눈을 떴다. 평화로우면서도 들끓는, 자애로우면서도 분노에 가득한, 안정돼 있으면서도 미세하게 흔들리는 불안함… 그의 눈에는 그런 모든 감정들이 다 담겨 있었다. 마음속에 격정이 들끓고 있기 때문이었으리라.

"너 때문에 지긋지긋한 속세에 하루 더 머물러야 하겠지만, 너를 두고 갈 수는 없었다. 이 역시 인연일 것이다."

나 역시 속세를 떠나려고 무작정 집을 나선 길이었다고 말해버릴까? 그러면 청년이 내 복잡한 속내를 헤아릴 수 있을까?

지금 생각해 보면 공자님 앞에서 문자 정도가 아니라, 더 높은 경지의 예도 같은 것에 대해서 아는 체할 뻔했다. 입을 다물고 있기를 정말 잘했다. 청년이 실꾸리를 풀어내듯 느릿느릿 들려준 얘기가 나를 부끄럽게 만들었다.

"그제 새벽, 목포에 있는 우리 집 대문을 나선 뒤 이제 이틀이 갔다. 강원도 오대산까지 걸어갈 참이야. 헌데, 길 끝에 무엇이 기다리고 있는지 나는 아직 모르겠구나. 거기 닿거든 머리를 깎으려고 한다."

청년의 결심이 무엇인지를 나는 바로 이해했다. 전쟁 직후여서 산속 삶을 선택하는 사람들이 늘었다. 정확히는 산이 아니라 산속의 절이지만… 누군가는 거기서 배고픔을 면하려고, 또 누군가는 그 어느 산마루에서 서로 죽고 죽여야 했던 골육상잔이라는 지워지지 않는 피를 씻어내려고.

그렇다면 청년에게는 어떤 사연이 있을까? 나는 묻지 않았다. 그럴 필요도 없었다. 놀랍게도 그가 내 호기심을 간파했는지 스스로 입을 열었다.

"전쟁이, 내가 인간이라는 사실을 수치스럽게 만들었다. 그래서 너희 같은 축생들이나 나무나 풀꽃에게도 면목이 없어졌고… 차라리 개가죽을 둘러쓰고 숨어서 사는 게 낫겠다고 하루에도 몇 번씩이나 다짐했다. 내년 봄이면 대학을 졸업하는데도 그때까지 도저히 기다릴 수가 없어 길을 나섰단다. 너는 이해하겠니? 이번 전쟁이 너희들 삶을 뿌리째 뽑아 내동댕이치지는 않았니?"

땅에 발붙이고 사는 모든 생명들은 같은 운명을 지니게 된다. 누군가는 다르겠지 하고 의심한다면 대단한 망상이다. 그런 의미에서 나는 청년의 질문이 한순간 야속하게 느껴졌다. 멍청이가 아닌가 하는 생각도 들었다.

"아니겠지. 아니고말고!"

청년이 스스로 묻고 대답했다. 눈보라가 좁은 동굴 안까지 몰아쳤다. 그때야 나는 비로소 깨달았다. 청년은 내가 아니라 스스로에게 말하고 있었다는 것을. 내가 없었으면 면벽을 하고서라도 동굴 벽에 털어놓을 얘기들이었다.

"학도병으로 출정했던 내 학우들 절반 이상이 죽어서 돌아왔지. 아니다. 그중 또 절반 이상이 죽어서도 돌아오지 못했다. 그들의 죽음은 그들 가족의 삶을 갈기갈기 찢어놓았지. 어떤 부모는 병을 얻어 몸져눕고, 또 어떤 이들은 목숨을 버리고… 심지어 어느 집 개는 말이다, 술에 취한 친구 아버지에게 이유 없는 몽둥이찜질을 당하곤 하더라. 그러니 아니겠지."

엄마에게 다시 돌아가야겠다고 결심을 굳힌 건 그때였다. 청년이 내 어깨를 토닥거렸다. 내 뜻을 읽은 게 확실했다.

청년에게 진정으로 감사해야 할 일이었다. 눈에 넣어도

아프지 않을 자식들을 한꺼번에 다 잃은 엄마는 지금쯤 얼마나 황망하실까?

청년이 후에 산사람이 된다면, 우리는 스님들을 그렇게 부르는데, 산길을 서로 오다가다 만날 수도 있을 것 같았다. 산사람들은 우리 같은 짐승들에게도 아주 너그럽다. 그래서 우리는 얘기한다. 저들은 절반이 순한 토끼고 절반은 사람이라고, 마찬가지로 그들은 절반쯤은 사람이고 나머지 반이 우리들 여우나 다름없다.

그들 산사람들은 여우나 토끼에게만 너그러운 건 물론 아니다. 심지어 길바닥 지렁이나 땅강아지 개미에게조차 절을, 합장을 하고 지나갈 정도다. 그러니 청년을 만난 건 내게도 행운이 틀림없다.

바닥에 엎드려, 언젠가 절에서 훔쳐보았던 것처럼, 내가 청년 앞에 오체투지를 했다. 청년이 가만가만 고개를 끄덕였다.

어차피 내친김에 청년 얘기를 조금 더 해야겠다.

청년은 나 때문에 하루 늦어진 걸음을 벌충하려고 길을 재촉했다. 그리고 1번 국도를 따라 서울에 이르렀다. 서울에서 오대산까지는 버스를 탈 요량이었다. 산길이 너무 험했기 때문이다. 그런데 하필 그날부터 서울을 비롯한 강원도 일대에 폭설이 퍼붓기 시작해서 모든 버스 편이 끊겨버렸다. 만약 나를 만나지 않고 하루 전에 도착했더라면 계획대로 오대산행이 이루어졌으리라. 할 수 없이 그는 발길을 멈추었다.

청년의 말마따나 속세에 하루라도 더 묵어야 하는 일은 아주 고역이었다. 할 수 없이 그는 그날 마침 서울 안국동에 머물고 있던 효봉曉峰 선사를 찾아가 만났다. 당대 최고의 고승 대덕으로 꼽히는 스님이었다. 청년은 오대산이 아니라 그 자리에서 머리를 깎았다.

뜻하지 않게 나를 만나 인정을 베푸는 바람에 청년의 계획은 조금 수정이 되고 말았다. 하루만 빨랐더라도, 폭설이 퍼붓지만 않았더라도, 그럴 일은 없었을 텐데 나로서도 조금 미안한 감이 없지 않다. 내 하찮은 가출이 출가 직전 한 청년의 길을 완전히 틀어버렸다.

청년 얘기는 이쯤에서 접어야겠다. 그가 누군지 아마 지금쯤은 짐작하시는 분들도 많을 것 같다. 그러니 여유를 두고 설을 더 풀어가기로 하자.

기다리면 이런 게 혹시 법설法設로 무르익을지, 누가 알겠는가?

09

아리네 집을 찾아갔다가 생각지도 못했던 별난 일을 겪은 경험도 있다.

우리 여시들은 실수를 통해 배운다는 얘기를 강조하고 싶다. 모든 실수는 우리를 죽음의 문턱까지 데리고 가곤 하기 때문이다. 아주 사소한 방심과 실수라도 치명적이다. 내가 바로 그런 일을 경험했다.

엿 공장 때문에 아리네는 다른 가축들은 키우지 않았다. 엿을 만들 때 가축의 털이 섞여들 수도 있기 때문이라고 했다. 하지만 닭은 꼭 키웠다. 많지도 않고 서너 마리가 전부였다. 그건 엿 공정을 하다 보면 아무래도 땅에 흘리는 곡식이 적지 않아서라고 했다. 흘린 보리나 쌀, 수수, 깨 그런 알곡들이 아깝기도 했으리라.

— 꼬꼬댁!

밤중에 아리네 낮은 담을 넘어서는데 암탉의 날카로운 비명이 들렸다. 처음엔 혹시 나 때문에 그러는 건가 했다. 잔뜩 웅크리고 닭장을 주시해 보았다. 평소 닭들은 내가 나타나도 별 반응을 보이지 않았었다. 이상하다 싶어서 가까이 다가가 보니 족제비 한 놈이 암탉의 목을 물고 있었다.

— 컹!

내가 낮게 위협을 했다. 그러자 족제비는 이미 숨이 끊어진 닭을 제 머리 위에 뒤집어썼다. 낮이든 밤이든, 야생동물들이 닭을 훔칠 때면 흔히 그런 수법을 썼다. 사냥한 닭이 그저 마실이라도 가는 것처럼 위장하기 위해서였다.

— 얕은수를 쓰고 있구나?

— 에고, 형님!

— 너 같은 동생은 둔 적 없으니 잔말 말고 내려놓아라.

녀석이 닭을 두고 그냥 내뺐더라면 아무 일도 벌어지지 않았을 것이다. 헌데 놈은 다 잡은 닭을 빼앗기기 싫었는지 물러설 눈치를 보이지 않았다.

— 이거, 형님. 왜 이러십니까? 너 나 할 것 없이 훔쳐서 배 불리고, 도둑질해서 살찌는 처지에 대체 이런 경우는 뭡니까? 닭장에 달구가 남아있지 않은 것도 아니고, 손만 뻗으면 되는 일 아닙니까?

놈의 항변에 일리가 없는 건 아니었다. 그렇다고 내가 물러설 수도 없었다.

— 허튼소리 마라. 나는 이 집 귀신이니라. 귀신으로 살려고 작정했다.

— 말이 되는 소리를 하십시오. 형님이 왜 이 집구석 귀신이 된단 말이오? 좋습니다. 좋아요. 그러면 내가 다른 달구를 물고 갈 테니 이건 가져다 드시오.

닭장으로 향하는 녀석의 앞을 막아섰다. 그때였다. 녀석이 몸을 확 솟구치더니 송곳니를 드러낸 채로 덤벼들었다. 뾰족한 내 콧잔등을 노린 게 분명했다. 재빨리 고개를 돌리기는 했는데 녀석은 녀석대로 몸을 틀면서 내 귀를 물어버렸다.

막다른 골목에 이르면 쥐가 고양이를 문다고, 이건 아주 흔한 사건이라고 할 수도 있다. 하지만 쥐에게 물리거나 족제비에게 물리거나 피는 똑같이 흐르는 법이다. 귀가 찢어졌는지 찐득한 액체가 내 볼을 타고 흘러내렸다.

족제비 놈은 의외로 완강했다. 크기가 기껏해야 어미 쥐두 마리를 서로 꼬리끼리 묶은 정도에 지나지 않았지만 결코 만만한 상대가 아니었다. 어디서든 싸움 수를 익힌 놈이 확실했다. 녀석을 쉽게 제압하지 못하는 게 나로서는 창피스러운 노릇이었다.

새벽 어스름이 점차 걷히는 게 보였다. 그때까지도 나는 싸움의 매듭을 짓지 못하고 있었다. 내가 도약해서 몸을 내리꽂으면 녀석은 땅바닥에 납작 엎드려서 맴을 돌았다. 다리가 짧은 놈이라 다리를 걸어 쓰러뜨리는 공격도 용이하지 않았다. 나는 조바심이 났다. 뭔가 다른 효과적인 전술이 필요했다.

— 네놈이 제법 운신할 줄 아는구나. 족제비들의 왕이라도 되느냐?

— 왕이라니 턱도 없소. 그저 배고픈 필부에 지나지 않소.

— 오냐, 여하튼 기특하다.

— 영광입니다.

다섯 합을 겨룬 끝에 우리는 다시 마주 섰다. 어디서 누군가가 이 장면을 보고 족제비 하나에 쩔쩔매는 여시도 다 있더라고 소문을 내면 낭패였다. 틀림없이 지켜보는 눈이 많을 시각이었다. 아무래도 변칙을 써야 할 것 같았다.

나는 도약하는 척 뒷발로 버티고 섰다가 앞발을 쭉 내밀어 놈을 땅에 압박하는 데 성공했다. 그러자 녀석이 내 발을 물어뜯으려고 고개를 홱 돌렸다. 당연한 수순이었다. 내가 예상한 대로 놈의 고개가 높이 들려졌다. 그때를 놓치지 않고 놈의 목을 물었다. 놈이 캑캑거리며 발버둥을 쳤다.

— 배가 모, 몹시 고팠소. 그, 그러지 않았다면 달구를 노리지도 않았을 테고, 형님에게 불경을 저지르지도 아, 않았을 거요.

대꾸할 필요는 없었다. 내가 입을 여는 순간에 놈은 내뺄 게 틀림없었다. 그게 우리 여시들이 마지막으로 남겨두는 수법이기도 했다.

— 아까 말한 대로, 이 집 귀신이라서 할 수 없이, 너를 물었다. 잘 가거라.

족제비 녀석이 더는 움직이지 못할 때쯤에서야 나는 녀석의 목을 놓았다. 나도 몹시 숨이 가빠져 있었다.

날이 채 밝기 전, 맨 먼저 방문을 열고 밖으로 나선 이는 아리네 엄마였다.

닭장 앞으로 시선을 돌린 아리 엄마는 비명을 삼키면서 두 손으로 입을 막았다. 닭이 아니라 어쩌면 나 때문에 놀랐으리라. 피투성이 전투 현장을 보고 아리네 엄마가 어떤 생각을 했을지는 자명하다. 닭 한 마리를 훔치려고 족제비와 내가 서로 죽기 살기로 싸운 것이라고 말이다.

오해는 오해고, 내가 어찌할 수 없는 일이었다. 업業이라고 불리는, 초가집 지붕에 깃들어 사는 구렁이도 종종 그런 오해를 받는다고 한다. 죽임을 당하기도 하고, 때에 따라서

는 보호를 받기도 하는… 그러니 이 집 귀신이 되기를 자처
했다면, 진심이든 아니든, 나 역시 오해를 받을 수도 있겠다.

나는 뒤돌아서서 한걸음에 담을 뛰어넘었다.

그때 일로 내 귀는 찢어져서 영영 다시 붙지 않았다. 그래
서 은행나무 이파리처럼 왼쪽 귀는 가운데가 나누어져서 하
나인 듯 둘인 듯 바뀌고 말았다. 눈에 그려지는가? 은행 이
파리 귀를 단 여우가?

괴상한 모습의 귀도 수치스러웠지만 그때 당장은 찢어진
상처가 저절로 아물기까지 적잖은 고생을 해야만 했다. 도
깨비는 왼쪽 다리가 있으나 마나여서 놈들과 씨름을 할 때
는 반드시 그쪽을 걸어야만 한다더니, 나도 몸 왼쪽이 허술
한 게 분명하다.

IO

늦은 봄 어느 날, 아리를 만났을 때는 더 고약한 일이 발생했다.

봄이어서 꿩을 잡을 수는 없었다. 새끼를 낳고 길러야 하는 봄에는 꿩 몸속에 독이 깃든다고 했다. 토끼도 마찬가지다. 힘없고 배고픈 인간 세상의 백성들도 이때가 되면 얼굴이 누렇게 뜨는 것처럼… 그렇게나마 버티고 살아서 번식할 수 있다는 점에서 보면, 글쎄, 어쩌면 우리 같은 가여운 산중 동물에게도 봄은 봄인 셈이다.

빈손으로 찾아갈 수는 없어서 나는 부엉이 창고를 샅샅이 뒤졌다.

그놈들은 아주 웃기는 족속들이었다. 가을에 닥치는 대로 식량을 모아다가 곳곳에 저장해 둔다. 그걸 우리는 부엉이 창고라고 불렀다. 중요한 건 부엉이들은 정작 식량을 어디에 쟁여두었는지 까마득히 잊어버린다는 사실이다. 그러고는 긴 겨우내 양식 없다 부엉, 땔감 없다 부엉… 그렇게 운다지?

들쥐나 뱀 개구리들 따위는 손대지 않았다. 어떻게 죽었는지 알 수 없었으니까. 내가 모은 건 밤톨 한 됫박이었다. 입안이 터지게 밀어 넣어도 반 됫박이 넘지 않아서 두 차례나 아리네 헛간을 오가야 했다. 우리 여시들 입이, 주둥이가 뾰족하다는 사실을 아쉽게 실감한 건 이때가 처음이다.

처음에 나는 밤만 선물하고 그냥 돌아올까 했다. 그런데 두 번째로 밤을 물고 갔을 때, 먼저 두고 온 밤이 몇 알 남아 있지 않다는 사실을 알았다. 헛간 쥐에게 도둑을 맞은 것이다. 할 수 없이 나는 밤을 지키려고 웅크렸다.

그날, 아리에게 들렸던 얘기는 직설적으로 전하기로 하자. 아리 입에서 나온 말을 그대로 옮긴다는 뜻이다. 내가 해야 할 얘기들은 아직도 산더미처럼 쌓여 있다.

"삼촌은 언제부터, 여우랑 그런 짐승들을 잡았어요?"

덫꾼 삼촌은 사냥꾼들의 호방한 체하는 웃음을 그대로 흉내 내고는 대답했지.

"열 살 무렵부터, 일제가 공출을 해갈 무렵부터였지."

"공출이요?"

"그래, 일본 놈들이 쌀이나 보리 콩 수수 면화는 물론이고 밥그릇 숟가락 가마솥 놋요강까지 닥치는 대로 다 걷어 갈 때, 나는 산으로 쏘다니며 고사리를 캐고 송진을 채취해서 돈을 좀 받고 팔았지. 그러다가 토끼나 여우, 수달, 너구리 등을 잡아 가죽을 벗겨 팔기 시작했단다."

"가죽은 왜요?"

"왜는 왜야? 전쟁 나간 병사들 옷을 만들 때 안감으로 쓰기 때문이지."

내 입은 금세 뾰로통해졌겠지. 그러거나 말거나 삼촌은 철사를 잘라서 꼬고 매듭을 짓는 일에만 열중하고 있더라.

"지금은 아니잖아요. 공출을 강요하는 사람도 없고⋯."

"허허, 애도 참! 여우 목도리는 요즘도 아주 비싼 거야. 귀부인들만 두르고 다닌다고!"

"싸이나3)를 먹인 콩으로 청둥오리랑 꿩도 잡죠?"

"와, 너! 싸이나 청산가리도 알고⋯ 커서 진짜 사냥꾼이 되겠다."

난 속이 역겨워졌어. 우리 엄마가 자주 메스껍다고 하시는 그런 걸 거야. 그래서 나는 웩웩, 하고 억지로 토하는 소

---

3) 싸이나: cyan화化

리를 냈지.

"삼촌! 쥐약을 먹고 쥐가 죽었어요. 그런데 그 쥐를 먹은 여우는 어떻게 되죠?"

"여우도 죽지."

"그런데, 모르시겠어요? 싸이나를 먹고 죽은 꿩을 사람이 먹으면 어떻게 되는지… 내장은 버리고 먹는다는 대답은 하지 마세요. 우리가 밥을 먹으면 그 밥이 다 피와 살과 뼈로 가는 거니까요. 안 그래요? 덫으로 잡은 여시와 수달을 팔아 술을 마시는 것도 똑같아요. 머가 다를 거 같아요?"

소녀가 삼촌으로 부른 사람은 나도 안다. 산동네에서 수도 없이 그를 만났다. 벌써부터 그의 얼굴색이 거뭇거뭇해지고 있다는 사실도 안다. 사냥꾼들은 처음에는 얼굴에 혈색이 돌고 두툼하게 살이 오르기도 한다. 그러다가 거무튀튀해진다. 자신도 알지 못하는 사이에 온갖 동물의 독이 몸 안에 쌓이기 때문이다.

어쩌면 자기 자신도 모르는 사이에 독이 벌써 퍼지고 있었을지도 모르겠다. 그게 아니라면 도저히 설명할 수 없는 일이 순식간에 벌어졌다. 빤히 쳐다보면서 되묻는 어린 소녀의 머리에 그가 쇠붙이 연장인 펜치를 휘둘렀던 것이다. 아리는 머리가 찢어지면서 혼절하고 말았다.

다행스럽게도 아리는 근처를 지나는 동네 아주머니 눈에
띄어 병원으로 옮겨졌다. 그리고 잃었던 정신도 되찾았다.
찢어진 머리 상처는 모두 여섯 바늘을 꿰매야 했다. 그런데
아리는 어쩌다 머리가 찢어졌는지 기억해 내지 못했다.

그 일로 아리네 동네는 한동안 시끄러웠다. 마을 어른들
몇몇은 멍석말이를 해서라도 사내놈에게 삼강오륜의 본때
를 보여야 한다고 주장했다. 실제로 멍석까지 다 준비하고
놈을 포박해 놓기도 했다. 사내는 멍석 앞에서 덜덜 떨었다.
떨면서 용서를 빌었다. 의외로 뒤가 물러 터졌던 것 같다.

"어르신네들, 그러실 필요 없습니다. 우리 딸아이는 괜찮
습니다. 원한으로 복수가 이루어진다면 복수는 으레 또 다
른 원한으로 이어집니다. 지난 전쟁을 겪으면서 수없이 봐
왔던 일이잖아요? 그러니 제발, 서방도 없이 사는 과부와 두
딸을 헤아려서 멍석말이는 멈춰주세요."

아리네 엄마였다. 펼쳐져 있던 멍석을 그녀가 자기 손으
로 직접 말기 시작했다. 그러다가 반쯤 말린 멍석에 머리를
묻고 울었다.

피해자가 터뜨린 울음은 가식 없이 서러웠다. 꼭두새벽부
터 일어나 불을 지펴 고두밥을 찌고, 식혜를 만들어 조청을
고고 또 엿으로 늘여 빼는 일을 게을리하지 않으면서 두 딸

을 키우고 있는 아리네 엄마 사정을 모르는 이웃은 없었다. 전쟁 전사자 유가족이기도 했다. 마을 어른들은 이러지도 저러지도 못하고 혀만 끌끌 찼다.

멍석말이라는 징벌은 시늉뿐인 경우가 많았던 게 사실이다. 진짜로 멍석을 뒤집어씌우고 매타작까지 이어지는 경우는 거의 벌어지지 않았다. 겁을 주면 상대가 용서를 빌고, 또 죄상을 밝히면서 겁을 주고, 그렇게 한나절을 끄는 게 고작이었다.

그럴 즈음 때마침 순경들이 현장에 나타났다. 그중 나이 많은 자가 말했다.

"사사로이 매질을 하면 법에 저촉됩니다. 다들 아시죠? 다친 아이 병원 치료비도 대겠다고 약속했으니까 용서하시고 다들 그만 돌아가세요."

마을 어른들과 순경들이 잠시 옥신각신하기는 했지만 사내는 아무런 처벌도 받지 않았다. 순경들이 아침부터 야생 기러기 고기나 너구리 고기를 넣은, 아주 웃기는 짬뽕을 먹고 온 게 틀림없다고, 아리에게 항변하고 싶었다.

아리가 처음으로 내 앞발을 만지고 머리를 쓰다듬은 게 그날이었다. 그 애가 나를 아낀다는 뜻이지만, 그 일은 단순히 어쩌다가 벌어진 게 아니라, 내가 그렇게 하도록 허락했다. 인간이 나를 만진 것도 그게 처음이었다.

내가 길들여진 걸까?

II

이제 다시 그 여시년 랑에 대해서 언급할 차례다.

앞서 말했듯이 덫이 놓이는 위치, 그리고 쥐약의 무서운 파급력에 대해 일러주려고 그 애를 찾아 온 산을 다 뒤졌다. 그 바람에 산동네 호구조사까지 마친 셈이 됐다. 동서남북 백만 평이 넘는 우리 승달산 인근에 세 들어 있는 여시들은 모두 여덟이었다.

— 중요한 얘기가 있어서 왔어.

— 고맙다는 말을 하려고? 그런 건 필요치 않아.

집을 구하게 된 걸 사례할 속셈이라고 지레짐작한 모양이었다. 물론 집은 아주 맘에 들었다. 물 좋고, 정자 좋고, 거기다가 바람까지 좋은 곳이 없다고들 했지만 딱 그런 집이라고 할 만했다. 더구나 굴도 깊어서 퍽 아늑했다.

— 넌 여전히 생각보다는 말이 빠르구나. 우리에게 제일 우선인 건 동작이야. 행동 말이야. 생각은 그다음이지. 그리고 말이란 모든 일이 다 끝났을 때 한숨 돌리고 난 다음에 뱉어내도 충분한 법이야.

— 어쭈!

— 잘 들어! 절대 잊지 말라고 여기 선물도 가져왔어. 들어보기나 했는지 몰라도, 꿩엿이야. 꿩엿을 잊지 말라는 건 아니고.

여시년은 내 얘기를 묵묵히 들었다. 눈을 반짝이다가 때로는 한숨까지 내쉬면서.

— 넌 정말이지 대단한 비밀을 알아냈어. 고마워. 그런데 어떻게 알아낸 거야?

— 지난가을에 우리 엄마가 돌아가셨지. 나는 거의 자포자기 상태로 산 아래 마을로 향했어. 거기서 용케 얻어들었던 얘기야.

— 저런!

— 돌아가시기 반년 전쯤, 우리 엄마는 마을 근처에서 쑥개떡 한 토막을 주우셨지. 그걸 나한테 먹일 생각으로 입에 물고 집에 오셨는데, 쥐약에 버무린 거였어. 엄마 혀는 그때 이미 조금씩 마비되기 시작했던 거 같아. 뭔가 이상한 낌새

를 눈치채신 엄마는 내가 그걸 먹지 못하도록 밖에 버리셨
고… 나중에는 혀가 꼬일 정도로 독이 퍼졌는데, 돌아가시기
직전만큼은 고통도 사라진 것처럼 잠시 말짱하셨지. 쥐약 얘
기가 나한테 깊이 각인될 수 있었던 건 그 일 때문이었어.

  ─ 아! 그럼, 우리가 처음 만났을 무렵이잖아? 난 그것도
모르고.

  ─ 아니야. 내가 날카롭게 반응했던 건 조금은 다른 일 때
문이었어. 우리 아버지….

  ─ 아버지도 함께 돌아가신 거야?

  ─ 나는 얼굴도 모르는 분인데다 훨씬 오래전 일이지. 두
분 다 내 친부모는 아니셨는데….

  개마고원의 드넓은 풀밭이 부모님 고향이라는 사실은 앞
에서 이미 밝힌 대로다. 신혼 초 부모님은 인간들 사이의 전
쟁을 거기서 맞았다. 부모님과는 아무 상관도 없는 전쟁이
었다. 그렇지만 오래지 않아 불똥은 산중 짐승들에게도 튀
어 날아왔다.

  어느 날부터 수많은 군대가 북쪽 나라에서 끝도 없이 밀
려오기 시작했다고 한다. 마치 구름 같았고 사람으로 이루
어진 파도 같기도 했다. 인해전술이라는 말이 떠돌았다. 산
과 들, 마을과 강변에 그들은 만주 벌판 옥수수만큼이나 빼

곡하게 넘쳐났다. 그리고 그들은 능숙하게 산짐승들을 사냥했다. 사람이 많다 보니까 세상 온갖 기상천외한 사냥 기술이 다 동원되는 것 같았다. 토끼나 여우, 꿩 신세로는 그냥 빽빽하게 진을 치고 자리 잡고 있는 그들의 시선을 피해서 도망칠 형편도 못되었다.

— 우리도 피난을 갑시다.

— 난을 피할 곳이나 있을까요?

— 무조건 남쪽으로 가야겠지. 여기 남았다가는 그저 밟혀 죽을 것 같소.

북두칠성의 맨 꼭대기 별 일등성을 등지고, 무작정 산길을 따라 부모님이 피난길에 오른 건 그 때문이다. 밤이고 낮이고 달리셨다고 한다. 그리고 어느 산허리에서 새벽을 맞았을 때였다.

— 이런, 낭패로군. 우리가 저들 진지 한가운데로 들어서고 말았어.

아버지의 비통스러운 탄식이 엄마 가슴을 철렁하게 만들었다.

— 저 앞 느릅나무 사잇길이 우리 활로인 것 같소. 단숨에 저 너머까지 죽을힘을 다해 달리시오. 헌데 만약 저 너머가 사지라면, 내가 잠깐 재주를 부려 이목을 끄는 틈에 당신은 뒤도 돌아보지 말고 산속으로 내빼시오.

— 아니, 당신이 무슨 재주를 부린다고 그래요?

— 당신은 홀몸이 아니니까, 내 말 잘 들어요. 나도 그동안 익힌 게 있소. 달밤이 아니라 둔갑술은 어려울 듯싶고, 경공술 정도는 통할 거요.

— 여, 여보!

— 자, 뛰어요!

둘은 용수철처럼 튀어 일어나 달렸다. 무사히 언덕 하나를 넘었다 싶었는데 이번에는 사지도 그냥 사지가 아닌, 늪 같은 사지가 그들을 기다리고 있었다. 여우들이 한번 빠지면 헤어 나오지 못하는 늪….

나는 그가 지금도, 정체를 알 수 없는 진짜 내 아버지보다 더 아버지 같은 느낌이 들곤 한다. 그 아버지 눈에 저승사자들처럼 날카로운 수십 개의 눈빛이 들어왔다. 그가 엄마를 코끝으로 밀었다.

— 갈수록 첩첩산중이라더니 여기도 군대 저기도 군대로군. 인해전술로 우리 퇴로를 차단할 속셈인가 보오.

— 함께 뛰어요, 여보.

— 기회는 지금뿐이오. 가요. 어서!

아버지가 개활지로 풀쩍 뛰어오르는 사이, 엄마는 당신 남편의 화려한 경공술을 반신반의하면서 총알처럼 달려 나갔다. 그런 뒤, 산 허리께에 이르러 비로소 조금 안도하고는 아버지 쪽을 돌아보았다.

— 세상에, 저게 경공술이라니!

아내를 보호할 속셈으로 남편이 펼쳐 보인 비술은 익살스
러운 춤에 가까웠다. 절체절명의 고비에서 선보이는 의태,
그 이상도 이하도 아니었다. 그저 군사들의 관심을 끌기 위
한 목적 하나뿐이었다.

아버지 의도는 성공했다. 군사들은 별난 동작을 하고 있
는 아버지에게 한눈이 팔려 엄마 쪽으로는 총구를 돌릴 겨
를조차 없었다. 아버지가 화려하게 선보였던 생애 마지막이
자 첫 경공술이었다. 둥글지 않고 이상하게 길쭉한 공처럼,
예측할 수 없는 방향으로 튀어 오르는 게 고작이었던….

어쩌면 아버지를 공격한 군대도 오합지졸이었던 것 같다.
단 한 방의 저격이면 충분했을 텐데, 분대쯤은 됐을 군사들
이 서로 앞다투어 총을 난사했다.

엄마는 그때 일을 단 한 장면도 놓치지 않고 생생하게 기
억했다. 천둥이라도 치는 날이면 눈빛이 사색이 되어 덜덜
떨었다. 폐가로 변한 어느 농가에서 소나기를 피할 때도 그
랬다. 하필 지붕과 처마가, 소나기를 맞으면 따다다다… 하
고 요란스런 총소리를 내는 양철집이었기 때문이다.

12

아침엔 이슬 머금은 청포도를 따서 까마득한 조상들에게 감사드리지.

해지면 생피 흐르는 짐승을 잡아 운명을 가르는 저 하늘에 올렸네.

그렇다면 오늘 내 삶은 무엇이었나?

나도 모르게 나를 스쳐 가는 시간들.

어둔 밤 두 볼에 떨어지는 눈물은 또 어느 막막한 슬픔을 마중하는지.

우우우우⋯ 우리가 아는 시간은 그렇게 흘러왔네.

우우우우⋯ 남은 나날도 똑같은 걸 모를 뿐이지.

내 얘기를 듣던 여시년이 느닷없이 노래를 불렀다. 가락도 박자도, 전에 들어본 적이 없는 신식풍의 노래였다. 나는 잠자코 끝까지 들었다.

— 누구 노래지?

— 그냥, 내가 지어 부른 노래야.

— 참, 슬프네.

— 그랬다면 제대로 들은 셈이지.

— 제목은 뭐야?

— 아직은 정해지지 않았어.

— 여우들의 시간이라고 하면 안 될까?

— 와우, 그게 좋겠다! 여우들의 시간!

아, 이제는 여시년이란 호칭을 버려야겠다. 그 애에게도 엄연히 이름이 있었다. 물결이나 작은 파도를 뜻하는 랑! 여우 둘이서 힘을 합치면, 그럴 일이 많지 않아서 유감이지만 호랑이만큼 무섭다는 걸 누가 얼마나 알고 있을까? 묘하게도 우리 둘의 이름을 합치면, 호, 랑이가 된다.

하여튼 엄마도 아버지도, 이미 밝힌 대로 둘 다 내 친부모는 아니다. 특히나 경공술까지 하셨다는 그 용감무쌍한 아버지는 내가 얼굴조차 본 적이 없기 때문에 아버지라고 부르는 게 사실 이상하기는 하다. 그래도 나는 의심하지 않고 늘 아버지라고 지칭하곤 했다.

적어도 어떤 사내아이 하나에게만큼은 아버지로 불려야 마땅한 분이었다. 거기다가 나에게도 불러야 할 이름들은 있다. 그리고 떠올려야 할 얼굴들도….

랑이 내 말에 수긍하면서 고개를 끄덕였다.

지리산 인근에 이르러서 엄마는 아이 넷을 낳았다. 숲이 깊어서 안심하고 아이들을 기르면서 살겠다 싶었는데 그게 아니었다고 했다. 산이 큰 만큼 맹수가 많았고, 무엇보다 그곳은 전쟁의 불씨가 남아 총성이 그치지 않았다. 엄마에게 총성만큼 두려운 게 또 있었을까?

엄마는 아이들을 거느리고 다시 남쪽으로 향했다. 그 길 어디쯤에서 나를 발견하셨다고 했다. 아직 젖도 떼지 않았을 갓난애였다. 부모는 어디서 어떻게 죽음을 당했는지, 어떻게 혼자 살아남았는지도 알 수 없었다. 그냥 버려두면 사나흘을 버티지 못하고 죽을 게 뻔했다. 그래서 엄마는 한순간도 머뭇거리지 않고 나를 자식으로 받아들였다.

—그게 다 끝은 아니야. 하지만 오늘은 이쯤 해두자.

랑의 눈자위가 붉어져서 나는 얘기를 거기서 잘랐다. 비가 내리려는 건지 눅눅한 바람에 흙냄새가 실려 왔다.

—넌 백 년쯤은 산 여시 같구나. 수컷 백여시….

—호호, 그럴지도 모르지.

—오늘은 왠지 무섭고 으스스한 기분인데, 너, 가지 말고

나랑 있지 않을래?

랑이 말했다. 그런 기분은 나도 마찬가지였다. 더구나 비까지 내린다면 집으로 돌아가는 밤길이 위험할 수도 있다. 빗속에서는 후각이 어지러워지기 때문이다. 그러니 내가 마다할 이유가 없다. 물론 변명할 필요도 없이 비 때문만은 아니었지만.

— 우리 가족은 여기 토박이인데, 부모님은 어느 날 그냥 사라지셨어.

앞발에 턱을 괴고 엎드리며 랑이 입을 열었다.

— 아마 석 달은 넘게 부모님을 찾아 헤맸을 거야. 그러다가 저 아랫마을 방앗간 인근까지 가서야 마침내 찾았지. 그 인간은….

또 그 인간 덫꾼 얘기였다. 모질고도 질긴 악연이었다. 이윽고 굴 밖에서 빗소리가 들려왔다. 랑도 낙숫물 소리에 귀를 기울이는지 말문을 닫았다. 굴 밖에서는 여러모로 귀찮고 곤란하지만 안에서 빗소리를 듣고 있노라면 우리 여시들은 참으로 아늑해진다. 굴속에 앉아 똑똑똑 떨어지는 낙숫물 소리를 듣는 아주 사소하면서도 사치스러운 취미, 인간들도 이런 재미를 혹시 아는지 모르겠다.

— 부모님은 처마 밑에 나란히 매달려 계셨지. 살은 싹 발라냈는지 가죽으로만….

잠깐 동안의 헛된 행복감을 랑이 깨뜨렸다.

— 네 노래는 그냥 단순한 노래가 아니었구나?

— 난 그분들을 모셔오지도 못했어. 철사 줄로 워낙 단단하게 묶여 있었거든. 복수하리라고 결심했지만 그러지도 못했고… 지금도 잊히지 않는 게 있어. 엄마 얼굴은 아빠 품에 안겨있는 듯해서 볼 수 없었는데, 아빠 두 눈이 나와 마주친 거야. 물론 썩어버린 지 이미 오래됐지만 난 분명 느낄 수 있었지. 아빠가 나를 바라보시고 있다고 말이야. 그와 동시에 아빠 음성이 들려왔지.

랑의 말을 나는 죽은 듯 꼼짝도 하지 않고 들었다. 어쩐 일인지 몹시 피곤했지만 졸음기 같은 건 저 멀리로 사라진 지 오래였다.

— 아빠가 말씀하셨어. 사랑하는 딸아! 아빠는, 아빠의 싸움 상대는 적어도 어떤 한 나라 전체는 돼야 하지 않을까, 하고 여긴 적이 있단다. 하지만 철이 들자마자 해방이 됐고… 어느 쥐새끼가 놓은 덫에 걸려들어 이렇듯 어이없게 생을 마감하는구나.

이웃과 하늘에 부끄러운 게 참괴慙愧라고 하더라만, 참으로 참괴하기가 짝이 없을 지경이다. 조상의 피를 씻지 못했으나 어쩌겠느냐? 네 엄마와 나는 시방 그럭저럭 괜찮다. 우리 여시들의 동공이 반월도처럼 위로 선 이유를 알고 있니?

인간들보다 더 자주 하늘을 쳐다보라는 뜻이야. 저 인간들보다 하루 한 번이라도 더 하늘을 바라보면 되고, 그것으로 그저 복수를 한 셈 치거라.

— 우리 아버지는 엄마를 보호하려고 없는 기예를 동원해서 경공술을 펼치셨고, 너희 아빠는 딸을 보호하려고 돌아가셔서까지 유언을 잊지 않으셨구나.

— 아빠 말을 떠올리면 더 슬퍼져.

— 네 아빠 말씀이 옳아. 만약 그렇지 않다면 내 경우에는 분대 병력을 상대로 복수를 해야 할 판이거든.

— 난 복수를 꿈꿀 형편도 못돼. 그래서 자꾸 너에게까지 어깃장만 놓는 것 같아.

— 내가 함께 해 줄게. 너 가는 길에….

그 밤에 우리는 행복했고 동시에 불행했다.

오해할 수도 있겠는데, 우리 첫날밤이 그랬다. 뭐, 오해를 한다고 해도 상관은 없다. 우리 종족들이 멸종해 가는 마당에 함께 있어서 행복했고, 슬픈 기억들 때문에 둘 다 불행했다. 아니, 행복은 아예 없었는지도 모르겠다. 랑의 노랫말처럼 어차피 혼자 남아야 하는 시간이 다가오고 있다는, 알 수 없는 불안 때문이었다. 그게 언제일지는 아무도 알 수 없었지만.

13

"우리 집에 들어와서 함께 살지 않을래?"

아리가 그렇게 제안한 적이 있다. 그 애의 제안은 뿌리치기 힘든 유혹이었다. 내가 흔들렸다기보다는 그 애의 말 재주 때문이었다.

"우리 언니는 새롭고 신기한 것이라면 사족을 못 쓰거든. 그래서 아마 널 만나게 되면 나보다도 널 더 좋아할 게 틀림없어. 이건 내가 믿어. 그리고 우리 엄마 있지? 엄마는 정말이지 순한 양반이야. 처음에는 아주 엄격하기도 하고 딱딱한 분처럼 느껴질 수도 있어. 하지만 언제 그랬냐 싶게 금세 봄눈처럼 녹아내리는 분이야. 봄눈이 아니라 사실은 수수엿이라고 해야겠다. 생각해 봐. 평생 수수를 불린 다음에 끓여서 고고, 또 늘이는 일만 해오셨으니 지금쯤은 달콤한 수수

엿을 그대로 닮지 않았겠어? 이 말은 언니와 내가 몇 번만
입에 올리고 조르다 보면 금방 녹는다는 뜻이야. 그러니 우
리 엄마도 걱정할 필요가 없지. 어때?"

아리의 설득은 명쾌했다. 단 몇 마디로 두 사람의 성격에
대한 분석을 다 해 주었다. 그러고도 모자라 없는 얘기까지
곁들였다.

"우리 집에서는 알다시피 개도 안 키우거든. 만약 개가 있
었어 봐. 아무리 말리고 혼을 내도 아마 널 졸졸 쫓아다니면
서 귀찮게 굴겠지. 녀석들은 집을 지켜준다고는 하지만 내
가 생각하기로는 주인 사랑을 독차지하려고 남들 꼴을 못
보는 거 같아. 그래서 쥐도 잡고, 고양이를 쫓아내고, 가끔은
밖에서 이상한 동물들을 물어오기도 하지. 맞지? 하지만, 나
나 언니는 개를 좀 키웠으면 했어. 엄마는 절대로 안 된대.
우리 아빠와 연관된 좋지 않은 기억이 있다고 하셨어. 우리
엄마한테 안 되는 건 그거 하나뿐이야."

금방이라도 들어와 살게 될 집을 둘러보기라도 하듯 나는
무심코 헛간을 둘러보았다. 아리가 그걸 놓치지 않았다.

"이대로 여기 살게 하지는 않을 거야. 좀 더 꾸미고, 편하
고 안락하게 만들어줄게. 내 이불도 갖다가 깔아주고. 참, 넌
무슨 색깔을 좋아하니? 말해봐. 괜찮아, 어서!"

내가 이미 입주하기로 결정이라도 한 것처럼 그 애가 이

불 색깔을 강요했다.

천천히, 그리고 완강하게 나는 고개를 가로저었다.

인간과 더불어 살고 있는 여우들이 아주 없는 건 아니다. 그리고 나는 그들의 삶을 존중하기도 한다. 내 경우는 다르다. 인간의 집에 입주해서 인간과 같이 산다는 건 생각조차 해본 적이 없다. 그게 우리 여우의 생태이기도 했고, 내 기질에도 맞다. 나는 한국 여우의 피를 물려받은 순수한 적통이기 때문이다. 이 말은 과장됐다고 해야 할까? 적통이라면 정실부인의 혈통을 말하는 것일 테니까 말이다. 하지만 아니다. 우리 엄마가 나를 주워오긴 했지만, 내 피가 순수한 건 틀림이 없고, 내가 그 사실을 의심한 적은 없다.

"너, 혹시? 왼쪽 귀 말이야, 족제비랑 싸우다가 그런 거니? 맞지? 너였으리라고 짐작은 했으면서도 깜빡 잊고 있었는데…"

아리가 또 눈을 빛냈다. 아무리 여시라고 해도 똑같은 여시 눈을 피해 갈 수는 없다. 백여시, 송여시를! 상처는 벌써 다 아물었지만 창피스러워서 나는 고개를 못 들 정도였다.

"거봐! 족제비한테도 당하는데, 우리가 설마 꿩이나 잡아오라고 할까 봐? 우리 집에서 산다면 달구새끼도 네가 지킬 필요는 없어. 갸들은 그냥 냅두면 돼. 덕분에 죽은 닭도 삶아 먹고, 네가 두고 간 꿩도 맛있게 먹었어. 진짜, 진짜 아주

고마웠어. 엄마는 고기를 조금 떼어서 꿩엿을 만들기도 했지. 하지만 네가 다시 꿩을 잡아오는 일은 싫어. 이제는 정말이지 그러지 않아도 돼. 아니, 내가 부탁할게."

인간들은 우리 여우를 가리켜 의심이 많은 동물이라고 한다. 하지만 인간들이 우리를 더 의심했다. 집에서 키우는 닭한 마리가 없어지면 누구를 의심하는가? 족제비나 살쾡이, 그리고 우리 여우에게 먼저 혐의를 두지 않았던가?

다행히 아리네 엄마에게 목격됐던 일에 대해서는 걱정할 필요가 없어졌다. 그런데 달구 얘기가 나와서 하는 말이지만 사실 십중팔구는 마을 청년들이 닭서리를 하곤 한다. 내가 적지 않게 내 눈으로 직접 목격한 일이다. 증언하라면 할수도 있다.

서리 얘기를 마저 할까?

심지어 아리가 말한 덫꾼 사내도 닭서리를 한다. 산 아래 외딴집에서 키우던 달구는 그렇게 사라졌다. 그 도둑질은 밤도 아니고 한낮에 이루어졌다. 나는 그날 덤불 속에 숨어서 닭들이 언덕에서 흙을 파헤쳐 벌레를 쪼는 모습을 구경하고 있었다. 전에도 말했다시피, 내가 달구를 노리고 있었던 건 아니다.

그때 내 눈에 반대편 숲에 몸을 숨긴 사내의 눈빛이 반짝,

하고 들어왔다. 나는 사내가 무슨 짓을 하려는지 지켜보았다. 주변을 예리하게 살피던 그가 잠시 후 무엇인가를 꺼내 닭 쪽을 향해 뿌렸다. 눈치 빠른 달구 한 마리가 달려오더니 냉큼 그걸 주워 먹었다.

오래지 않아 닭은 이상한 행동을 보이기 시작했다. 아주 강력한 독약이 분명했다. 그런 게 아니었다면 금방 효과가 나타날 리 없었다. 닭은 비틀거리는 걸음으로 갈팡질팡하다가 두 발을 하늘로 쳐들고 바르작거리다가 이내 죽었다.

우리 여시들만 의심이 많고, 당신네 인간들은 아예 의심도 할 줄 모르는 짐승이냐고 따지려는 건 아니다.

우리는 누대에 걸쳐 상대를 의심하지 않고 살다가는 어김없이 죽임을 당해야만 했다. 그래서 인간들이 앞쪽의 두 발을 두 손으로 바꾸는 진화를 하는 동안에 우리는 의심을 좀 더 심화시키는 진화를 했을 뿐이다.

아리에게는 미안하지만, 그래, 우리는 의심하는 동물이다. 세상이 그렇게 만들었다. 우리가 꼬리를 떼어내거나 두 발로 서는 직립보행 단계까지 진화를 하지 못한 건 우리 책임이 아니다. 인간들이 승승장구하는 동안에도 우리는 끝없이 의심하지 않으면 안 됐던 것이다. 그런 와중에도 인간들의 여우 사냥은 멈추는 법이 없었기 때문이다.

"시방은 결정하지 않아도 돼. 하지만 언제든 네가 그랬으면 좋겠어. 알고 있니? 네가 나타나지 않을 때는 내가 널 얼마나 보고 싶어 하는지를….."

아리의 눈빛이 흔들리더니 물방울 하나가 톡 떨어졌다. 나는 그 애의 말이 사실이라는 걸 안다. 말하지 않아도 통하는 진실은 있다. 더구나 말로 진심을 밝히고, 눈물로 보장했으니 오죽하겠는가?

"하지만 호야. 네가 들어오지 않겠다고 해도 섭섭하게는 여기지 않을게. 여기는 네 집이나 다름없어. 와서 살지는 않더라도 네가 오면 난 언제나 기쁠 거야. 알았지?"

아리와 내가 타협점을 찾은 셈이었다. 나는 그 애의 너그러움에 감사하면서 앞으로도 자주 찾을 것임을 다짐했다. 내가 뒤돌아서려고 할 때쯤, 아리가 헛간 구석을 뒤져 무엇인가를 꺼냈다. 비닐로 꽁꽁 쌓여있던 물건은 그 애 주먹만큼은 되는 엿 뭉텅이였다.

"이게 바로 꿩엿이야. 너도 맛을 봐야지. 어떻게 네 몫을 남겨두지 않을 수 있었겠어?"

그 애가 나를 보고 환하게 웃었다. 햅쌀로 만든 엿 토막 같은 하얀 이가 다 드러나도록.

14

우리 여시들의 젊음도 인간들과 크게 다르지 않다.

조금 맹목적인 측면도 아주 없진 않지만 좋아하는 일이라면 목숨을 걸 만큼 탐닉한다. 첫사랑이라면 따로 말해서 뭘하랴. 말하자면 불나비처럼… 인간들도 그러지 않던가?

물론 그렇다고 해서 우리가 만나자마자 바로 숲으로 들어간다고 생각하면 큰 오산이다. 만약 그렇게 주장하는 이들이 있다면 우리가 그날 이전에 보낸 아주 긴 탐색과 신뢰의 구축 단계 시간들을 간과했기 때문이다. 낸들 할 얘기가없을 줄 아는가? 엉큼한 맘을 먹고 다짜고짜 숲속부터 찾아들어오는 성미 급한 인간 남녀들에 대해서?

랑의 노래에 나는 완전히 반했다.

그 무렵만 해도 나는 노래라는 것이, 돛단배와 갈매기와 코스모스와 낙엽, 바람 같은 걸 동원해서 이별의 슬픔을 하소연하는 것인 줄만 알았다. 그런데 랑의 노랫말은 과거 어떤 일을 한탄하는 게 아니라 미래에 대한 예감을 말하고 있었다. 새롭고도 신선했다. 나는 그래서 랑을 새롭고도 신선하게 바라보게 되었다. 아리에게서 귀하게 얻은 꿩엿을 나눠 먹지도 않고 몽땅 바친 건 그런 애정 때문이었다.

― 여우들의 시간, 한 번만 더 불러줄 수 있어?

노래가 끝나기를 기다려서 나는 또 노래를 청하곤 했다. 랑은 마다하지 않았다. 노래를 잘 부른다고 믿는 이들마다 지니고 있는 우월감이나 나르시시즘? 뭐 그런 게 아주 없지는 않았겠지만 그 애가 사양하지 않는 것도 좋았다. 우우우우, 하고 우리 여시들이 우는 대목에 이르면 나도 큰 소리로 따라 불렀다. 아니다. 함께 울었다.

― 노래는 누구에게 배운 거야?

― 부모님을 보고 온 뒤 어느 날 그냥 떠올랐어. 가사도 박자도 멜로디도… 믿기 힘들지 몰라도 노래가 나를 찾아왔지. 넌 그런 적이 없니?

― 글쎄, 난 뭐, 특별한 자질을 타고난 것 같지는 않아.

― 그런 말은 하는 게 아니야. 가만 보면 넌 남들 얘기를 잘 듣더라. 그만큼 멋진 자질도 없어. 다들 자기 얘기만 하

느라고 정신없거든. 귀가 셋이나 돼서 그런가? 아, 농담이야. 귀가 은행잎처럼 생긴 게 난 아주 맘에 들어. 나도 너처럼 수술해서 양쪽 다 찢으면 어떨까, 하는 생각도 해봤을 정도야. 괴테의 은행나무 잎 시는 너도 알지? 그대 내 노래 듣고 느끼는가? 우리는 하나이면서 동시에 둘인 것을….[4]

그렇게 썼다는 시 말이야. 물론 그게 아니더라도 언젠가는 너만의 특별한 재능을 발견하게 될 거야.

— 나 참!

헛웃음이 나오긴 했어도 기분 나쁜 소리는 아니었다.

— 노래나 또 불러줘, 랑.

— 이번엔 다른 곡을 불러볼까?

— 또 있어?

— 응. 지금 다듬고 있는 중인데….

랑도 그렇지만 여우들마다 특별한 자질이 있다. 누군가는 춤을 잘 추고 또 누군가는 재주부리기에 능하다.

어떤 여우 할머니의 춤이 떠오른다. 그 할머니는 늙어서 걸음이 부자유스러운데도 춤을 청하면 벌떡 일어나 덩실덩실 추곤 했다. 앞발을 든 채로 서서 몸을 좌우로 흔들면서

---

4) 괴테, 「은행나무 잎」 구절

고개를 까딱거리는 춤 동작은 정말 멋졌다. 부지런히 뒷걸음을 치는 것 같기는 한데 언제나 같은 자리에 머물면서 앞발로는 헤엄을 치듯 추던 춤도 일품이었다. 때로는 아주 우스꽝스러운 춤도 선보였다. 그냥 걸어가는 춤인데, 앞발, 뒷발을 차례대로 내딛는 게 아니라 대각선 방향의 발을 한 조로 묶어서 걷는 동작이었다.

> 들꽃 한 송이가 나에게 물었네.
> 혹시 먼 길을 떠나는 길이냐고
> 끝없이 노상 걸어야만 하느냐고
> 난 들꽃에게 고백하지 못했네.
> 너야 멈춰서도 앞일을 볼 수 있지만
> 난 어디쯤 가야 세상이 헤아려질까?
> 우우우우, 오늘 핀 꽃들아 안녕, 잘 있어.
> 우우우우, 지나온 길들아 안녕, 잘 있어.

랑의 두 번째 노래를 나는 또 숨을 죽인 채 들었다. 처음 노래처럼 슬픈 곡이었다.

인간들끼리 지어 부르곤 하는 노래는 다 슬펐다. 모두가 함께 노래를 부르던 시대가 가면서 생긴 현상이 그랬다. 전쟁 중 행군을 할 때든, 아니면 논과 밭에서 김을 맬 때 여럿

이 부르는 노래든 다들 신나고 흥겨웠다. 그런데 혼자 앞에
나서서 노래를 부르는 시대가 되면서부터 슬퍼진 것이다.
랑의 노래도 인간의 노래를 닮았다.

— 어딘가로 정말 떠날 거야? 이번 노래도 그렇게 들려.

— 바보, 노래는 노래일 뿐이야. 그리고 너 같은 철부지를
두고 내가 어딜 떠나니?

— 그 말, 진심이야?

랑이 대답 대신 미소를 지어 보이더니 내 주둥이를 자기
입으로 핥았다. 열중해서 노래를 부르느라고 그 애의 입가
에 고인 침을 나도 내 혀로 닦아주었다.

— 우리 함께 살까?

내가 먼저 랑의 귓가에 대고 속삭였다. 그 애가 오랫동안
내 동공을 들여다보았다. 나는 그 애의 시선을 더는 견디지
못하고 애원했다.

— 네 여시가 돼서, 내 모든 행복을 너에게 줄게. 넌 네 슬
픔만 나에게 줘도 돼.

랑은 그래도 대답하지 않았다. 차라리 노래나 거듭 청해
서 들었어야 하는 게 아니었을까 하는 후회가 들었다. 내가
서두르다가 일을 망친 건 아닐까 하는.

— 미안하지만….

그 애가 결국 입을 열었다.

— 노래는 노래일 뿐이라고 했지만, 내 마음속엔 다른 무엇인가가 웅크리고 있다는 생각이 들어. 다 녹지 않은 얼음 같은… 그걸 녹여내려고 애쓰는 중이지. 그러니 좀 더 기다려줄 수 없겠니? 미안해, 나도 네가 좋아. 그건 확실하게 말할 수 있어.

— 그래, 이해해.

— 아까 그 말을 잘 기억해 두었다가 나중에 다시 들려줄래?

— 무슨 말?

— 내 여시가 돼주겠다는….

— 그럴게. 약속할게.

15

　— 오늘이 나라님 생신이란다. 그래서 우리 산중에서도 온갖 산해진미를 쌓아놓고 잔치를 열어준다는구나. 어서 가보자, 호야.

　돌아가신 엄마를 떠올릴 때마다 가슴이 미어지는 기억이 있다. 섬망譫妄과 함께 치매가 엄마 몸에 찾아온 것이다. 아니, 몸이 아니라 영혼이었을까?

　— 엄마, 어떤 나라님 말이에요?

　— 저 인간들 나라 임금이지.

　— 에이, 엄마도 참! 무슨 인간들이 할 짓이 없어서 우리 여시들에게 잔치를 베푼다는 거예요?

　— 아니야, 얘야. 무도회가 막 시작되려고 해서 내가 달려온 거야.

언젠가는 다급하게 나를 부르더니 울음부터 터뜨리셨다. 그때만 해도 나는 엄마의 병을 의심하지 않았다.

— 애야, 큰일 났다. 네 아버지가 마을 동구에서 인간들과 시비가 붙어 싸우고 있어. 작대기로 이마를 맞아서 피를 철철 흘리고 있어야.

— 예?

— 어서 가서 싸움을 말려야지, 뭘 꾸물거리고 있어?

증세는 차도를 좀 보이다가도 갑자기 아주 심해지곤 했다. 마치 물에 빠진 까마귀 머리가 수면 아래로 잠겼다가 드러나기를 되풀이하는 듯했다. 개구리를 잡아서 엄마 앞에 놓아드렸을 때는 무서워지기까지 했다.

— 아니, 누구신데 저한테 곶감을 다 대접하시고…?

그런 일들이야 크게 걱정할 만한 게 아니었다.

진짜 걱정거리는 밖으로 나갔다가 집이 어딘지 몰라서 돌아오지 못하실 때였다. 그때마다 온 산을 다 뒤져 찾아야 했다. 그럴수록 엄마가 뭉텅뭉텅 늙는 게 눈에 띄었다. 혹시, 엄마가 쇠약해진 틈을 노리고 이미 돌아가신 줄로 착각한 어떤 미친 영혼이 엄마에게 달라붙는 실수를 했던 걸까?

그렇다고 내가 엄마 얘기를 일방적으로 무시했던 건 아니다. 내 효심을 자랑하려는 게 아니다. 비록 앞뒤가 어긋나기는 하지만 듣다 보면 엄마 얘기 가운데 새길 부분도 적지 않았기 때문이다.

— 코가 큰, 추운 북쪽 나라 병사들에게 하마터면 죽을 뻔했구나. 그들은 말을 타고 우리 여시들을 사냥하는데, 아주 혼을 쏙 빼버리더구나. 글쎄, 총으로 단번에 쏴버리지도 않고 죽 둘러서는 우리를 모두 한곳으로 몰아붙이더란 말이지. 말 다리가 울타리보다 촘촘해서 빠져나갈 틈도 없었지 뭐냐. 그러더니 우라ypa, 우라! 하고 소리치면서 말들을 이리저리 사납게 모는데 바로 그게 그들 사냥이었어. 말발굽에 걸어 채이고, 밟히고, 얻어터져서 죽어야 하는… 내가 어떻게 그 지옥에서 살아 돌아왔는지, 원!

— 잘하셨어요, 엄마. 엄마가 정신을 차리신 거죠. 호랑이에게 물려가도 정신만 차리면 살 수 있다고 엄마가 일러주셨잖아요.

— 에구, 우리 아들은 참 똑똑하기도 하지!

— 엄마, 뭘 좀 드셔야지요?

— 아니다. 나는 벌써 배부르게 먹었어야.

— 언제요?

— 걱정 마. 오늘은 다섯 끼도 넘게 먹었으니까.

먹은 게 전혀 없는데도 그렇게 말씀하실 때가 많았다. 모든 일의 시작은 쥐약에 버무려졌던 그 쑥개떡이 분명했다.

엄마의 탐스럽던 꼬리털도 눈에 띄게 헤성헤성해지고 말았다. 붉기도 했고 황금색이 섞이기도 했던 꼬리는 하얗게 보일 만큼 성긴 색깔로 바뀌었다. 누가 보면 백여시라고 오해할 수 있을 만큼… 모르겠다. 늙으면 당연히 변하는 털빛 때문에 아주 오래 산 여우들을 가리켜 백여시라고 부르는 건지도.

엄마 정신이 온전해진 건 돌아가시던 날 아침이었다. 스스로 몸을 씻고 꼬리털까지 정성 들여 가지런히 빗질한 엄마가 모처럼 기분 좋은 기지개를 켰다.

— 내가 아주 한참 동안 먼 곳으로 여행을 다녀온 느낌이구나.

— 여행이요?

— 그래. 하지만 이제 진짜 여행을 떠날 때가 됐구나.

내가 반대를 했는데도 엄마는 끝내 혼자서 집을 나가셨다. 굴속에 웅크린 채 나는 어디서 엄마를 찾아야 할지 미리 머릿속으로 그려보았다. 하지만 그건 기우였다. 그날 엄마의 사냥 솜씨는 정말이지 눈부셨다. 생전에 아버지가 익히셨다는 경공술이며 둔갑술에 더해 축지법까지 하루아침에 다 전수받은 듯했다. 나갔다가 한번 돌아오실 때마다 엄마가 내 앞에 부려놓는 음식들은 놀랍도록 다양했다. 큰 문어

한 마리, 살아있는 전복, 잘 익은 꾸지뽕나무 열매와 시큼한 살구 한 줌, 다람쥐와 산개구리 각각 한 마리 등등….

— 저녁 먹자꾸나.

— 아니, 엄마!

믿을 수 없는 눈길로 엄마를 바라보았는데, 엄마의 눈이 참 맑았다. 병이 씻은 듯이 깨끗하게 나은 것이라고 믿지 않을 수 없었다.

— 어서 먹어라.

— 엄마도 드세요.

— 나는 오면서 배불리 먹었단다.

내 눈앞에서 엄마가 그날 먹은 것이라곤 다래 두 알이 전부였다. 나는 뭔가를 예감하기 시작했다.

— 별이 떴을까?

힘겹게 밖으로 나온 엄마가 한순간 풀썩 주저앉았다. 아니, 그렇게 무너지고 말았다.

— 어디가… 북쪽이니, 호야?

이 얘기는 앞에서 이미 했다. 이제 우리 엄마의 마지막 유언이나 밝혀야겠다.

— 슬픔은 길고, 기쁨은 짧게… 하느님이 세상을 만드실 때, 우리에게는, 자만하지 말라고 그랬다는구나. 다만 비밀

하나를 숨기셨단다. 슬픔이 긴 뜻을 헤아릴수록, 그걸 이기는 기쁨은 커지도록 말이다. 그러니, 호야! 슬픔은 짧게, 그 대신 기쁨을 길게 만들 수 있는 건 바로 너라는 뜻이야. 알겠니? 잊지 않겠다고, 아들아… 약속해다오.

— 잊지 않을게요. 엄마. 약속해요.

16

아리에게 들었던 중차대한 정보를 우리 산동네만 알고 있을 수는 없었다.

파발을 띄울까 하다가 나는 직접 길을 나서기로 했다. 우리 여우들 세계의 파발이란 옆 산 옆 봉우리까지만 소식을 전하는 일이다. 네 여시가 되겠노라고, 랑에게 다시 프러포즈를 할 수 있는 날은 기약이 없었다. 두루 돌아다니며 놀기에는 더없이 좋은 기회였다.

고향에 대한 기억은 아무것도 남아있지 않지만 명색이 고향이라는 곳을 가보고 싶은 마음이 없지도 않았다.

〈남한 사회주의여우동맹〉, 줄여서 〈여맹〉은 지리산에 사령부가 있었다.

허울 좋게 사회주의를 앞에 내세웠지만 사회주의든 공산주의든 우리와는 아무런 관련도 없었다. 전쟁이 끝난 뒤까지도 지리산 일대에 귀를 기울였다 하면 들려오는 게 사회주의니 동맹이니 하는 말들뿐이어서 거창하게 이름을 꿔왔던 것이다. 물론 그쪽에 숨어서 암약하던 빨치산들에게 혹시라도 해코지를 당하는 일만큼은 없게 하려고 나름대로 꾀를 부리기도 한 것이지만.

나주 금성산을 거쳐 광주 무등산을 돌고 그 너머 백아산을 넘으면 지리산 초입의 곡성이다. 말은 쉬워도 직선거리로만 백 리가 넘는 길이다. 갔다가 돌아오려면 적지 않게 발품을 팔아야 한다. 굳이 돌아올 이유가 없기는 하다. 거기 눌러앉아서 살아도 된다. 그 대신 그곳에는 아리도 없고, 랑도 없다.

아리 아리랑 스리 스리랑 아라리가 났네. 아리랑 응응응 아라리가 났네. 서산에 지는 해는 지고 싶어 지느냐. 날 두고 가는 임은 가고 싶어 가느냐.

아리와 랑의 얼굴을 떠올리면서 나는 진도아리랑을 불렀고, 또 그 애들이 했던 말들을 되새기며 고개 하나를 넘곤 했다.

아리랑이라는 말은 나를 위해서 만들어진 단어가 아닐까 해서 저절로 기운이 넘쳐났다.

산천은 험준허고 수목은 총잡헌디, 만학에 눈 쌓이고 천봉에 바람이 칠 제….

내친김에 새가 우짖는 어느 고갯마루에서는 판소리 한 대목까지 불렀다. 사는 곳이 사는 곳인지라 얻어듣고 배운 노래는 많았다. 이번에는 판소리 적벽가 중 새타령이었다.

도탄에 쌓인 군사 고향 이별이 몇 해런가, 귀촉도 귀촉도 불여귀라 슬피 우는 저 촉혼조.
여산 군량이 소진허여 촌비노략이 한때로구나, 소탱 소탱 저 흉년새.
백만 군사를 자랑터니 금일 패군이 어인 일고, 입 삐쭉 입 삐쭉 저 삐쭉새.
자칭 영웅 간 곳 없고 백계도생을 꾀로만 판다, 꾀꼬리 쑤리루리루 저 꾀꼬리….

병사들이 죽은 다음에 원한 품은 새로 환생해서 조조를 원망하며 우는 대목이라고 했다.

적벽대전은 불과 석 달 남짓에 끝났을 텐데, 이 나라 삼년 전쟁은 얼마나 많은 원조怨鳥들을 만들어냈을까?

"아니, 너는 그때 그 여우가 아니더냐?"

쌍계사 뒷길을 통해 여맹 사령부가 있는 불일폭포를 향하는데 귀에 익은 목소리가 들렸다. 바로 그 청년이었다. 하지만 그는 완전히 딴 사람처럼 보였다. 웃통을 벗은 몸으로 계곡물에 몸을 씻는 모습을 보니 깡말라서 영락없는 참나무 장작 같았다. 눈빛도 예전과는 사뭇 달랐다. 깊고 그윽했으며 흔들림이 없었다.

"이거 반갑구나. 인연이란 게 이토록 무겁다. 여기서 또 너를 보다니!"

말도 못 하고 나는 엎드리며 큰절을 올렸다. 달려가서 그의 손을 핥고 싶기도 했다. 하지만 하릴없이 코만 벌름거렸을 뿐이다. 그의 몸에서는 인간 특유의 고약한 비린내 대신 쑥을 태우는 냄새가 났다.

"새벽 예불마다 들리는 북소리에 네 얼굴이 떠오르더구나. 운판을 치는 소리에 내가 어린 시절 잡아먹어야 했던 멧비둘기를 떠올렸던 것처럼… 너도, 멧비둘기도 다음 세상에서는 인간으로 환생하기를 그때마다 축원했다. 아 참, 이제는 인간인 것이 마냥 부끄럽지만은 않다. 인간이어서 인간들에게, 인간이어서 짐승들에게도 돌려줄 게 많다는 걸 알았다."

그때와 달리 더없이 따뜻하고 맑은 목소리였지만 그는 여전히 말이 많았다. 물론 말의 속뜻이 향하는 지점은 달라 보였다. 그때의 말이 산속의 절로 향하는 것이었다면 지금의 말은 자기 자신의 내면을 향하고 있는 듯했다.

"나는 산에서 법정法頂이라는 이름을 새로 얻었으니, 앞으로는 그렇게 불러도 된다. 이름까지 버릴 수 있으면 좋겠다만 이름 없이 어떻게 만물의 형상을 세울 수 있는지 아직 그것까지 알지는 못하겠구나. 네 이름은 무엇이지?"

이미 경험이 있던 터라 나는 숨을 크게 들이마신 뒤 입 모양을 한껏 동그랗게 만들어 내뱉었다. 봄날 아지랑이 같은 입김과 함께 제대로 된 소리가 새어 나왔다.

"오냐, 호! 한자에서 따왔구나. 내가 알던 사람 중에 인人이라는 이름이 있었다. 사람이 사람 아니랄까 봐 이름까지 인인가 싶어 웃은 적도 있다만 생각할수록 새김이 깊어지더라. 네 이름 또한 그렇구나."

내가 스님에게 드릴 수 있는 건 아무것도 없었다. 그게 몹시 부끄러웠다. 할 수만 있다면 내 꼬리를 잘라 가시라고 애원하고 싶은 심정이었다. 꼬리 공양이라는 것도 있었던가?

하여튼 겨울이 닥칠 때마다 스님의 목도리가 되어 스님의 성불을 앞당길 수 있었으면 했다. 그래야 멧비둘기도, 나도 스님의 가피加被를 입을 수 있을 테니까.

"그때 너를 만났던 게 내 복이었다."

내 마음속을 정확하게 꿰뚫어 보듯 스님이 그렇게 말했다.

"까딱하면 길을 잘못 들 수도 있었는데, 그 지체된 하루가 내 갈 길을 바로잡았더구나. 그러니 너를 어찌 잊겠느냐?"

그날처럼 스님을 붙들고 또 하루를 허비하게 만들 수는 없었다. 나는 다시 오체투지를 했다. 법정 스님은 합장으로 답례를 했다.

불일폭포 뒤편 여맹 사령부는 천혜의 요새였다. 사시사철 마르지 않는 물이 있고, 가까운 곳에는 산 사람들의 큰 도량인 쌍계사까지 있어서 더욱 안전해 보였다. 게다가 폭포 아래로는 이따금 무당들이 찾아와 제를 지낸다고도 했다. 제수 음식이 늘 넘쳐나는 곳이었다.

여맹은 내 얘기를 크게 반겼다. 물론 본부에서도 이미 어느 정도는 파악하고 있었다고 했다. 나는 그들의 칭찬에 고무되어 사람들이 덫을 어느 구석에 어떻게 숨겨두는지 세세하게 일러주었다. 남한 전역뿐만 아니라 북한으로도 당장 파발을 띄우겠다고 약속했다.

본부에서는 고기와 떡과 과일을 잔뜩 차려서 나를 융숭하게 대접해 주었다. 인간들의 제수 음식이었으리라.

— 동무는 정말이지 대단한 첩보 일꾼이오.

지리산 말투로 누군가가 나를 치하했다. 마침 술 한 모금 들이켰던 내가 한 마디 하지 않을 수 없었다.

— 참된 사회주의가 그런 거 아니겠소이까?

그게 맞는 표현인지는 나도 모르고, 더더구나 이데올로기에 대해서는 내가 알 턱이 없다. 분명한 건 술 한잔이 아니라, 사령부를 방문하기 이전부터 나는 이미 법정 스님 얘기에 취해 있었다는 사실이다. 그가 멧비둘기와 나를 위해 축원까지 하셨다니!

17

여우가 길을 가다 자빠질 일은 없지만, 자빠진 김에 쉬어 가 간다는 말은 곱씹어볼수록 여유가 넘친다. 우리 여시들도 이런 속담들이라면 많이 배워두고 싶다. 금정金井을 놓아두 니 여우가 먼저 지나가더라는 기분 나쁜 속담은 말고….

금정은 무덤자리를 재는 도구다. 어쨌거나 내 말은 다홍 치마 입은 김에 춤이나 한번 추어보자는 뜻이다. 나는 그렇 게 지리산에서 며칠 묵어가기로 했다.

— 보초를 서시는군요.

여맹 본부로 쓰이는 동굴로부터 멀찍이 떨어져서 몸을 숨 기고 있는 여우에게 내가 인사를 건넸다. 그는 나이가 좀 들 어 보이는 중년이었다.

— 좋은 날씨에 좀이 쑤셔서서 원! 하여튼 적적하던 차에 잘 왔소.

— 사령부 병력은 얼마나 됩니까?

— 하도 들쭉날쭉해서 정확한 통계는 잡히지 않소만 대략 중대 병력은 되오. 지리산은 워낙 품이 넓어서 파견지 폭포를 중심으로 분대 단위 병력도 꽤 있소.

말끝마다 군대 용어가 등장했다. 웃음이 터질 지경이었지만 나는 내색하지 않았다. 그게 다 전쟁이 남긴 흔적이고, 전쟁이 끌어온 문화이기도 했다. 하여튼 얼추 헤아려보면 지리산 일대에 우리들 여우가 백은 넘는다는 얘기였다. 갑자기 여맹 사령부가 든든하고 믿음직스럽게 여겨졌다. 아직도 그만한 여우가 살고 있다면 기쁜 일이다.

— 여맹의 요즘 현안은 무엇입니까?

— 아무래도 홍보와 보급투쟁에 역량을 집중해야 하는 거 아니겠소. 거기 더해서 각별히 후세 생산을 독려하고 있고.

여맹 사령부에 적을 두고 있는, 그러니까 지리산 여우들의 얘기는 따로 해석해서 새길 필요가 있을 것 같았다.

홍보투쟁이라는 건 서로 연락하고 소통해서 위험 요소를 줄이자는 뭐 그런 일일 것이다. 말이 거창하지만 보급투쟁은 당연히 하루하루 먹고 사는 일에 다름 아니다. 굶지 않기 위한 꾀? 그래, 굳이 전투 용어를 빌리자면 전략? 그리고 후

세 생산 운운하는 건 부지런히 자식을 낳아 기르자는, 본성에 충실한 우리들끼리는 하나 마나 한 소리다.

— 동무는 승달산에서 왔다고 했소? 내 고향도 영암 월출산이라오. 바위가 험하기는 한데 너른 평야가 치마폭처럼 펼쳐진 곳이어서 살기는 좋았지. 그나저나 소식은 들었소?

그의 입가에 미소가 먼저 번졌다. 틀림없이 내가 흥미를 느끼고도 남을 것이라는 확신의 표현이었다.

— 여맹 사령관 동지에게 과년한 따님이 있는데 지금 신랑감을 구하고 있다오. 어때, 한번 도전해 보지 않겠소?

— 여기서는 자유 결혼이 아닌가요?

— 낸들 그 속을 어찌 알겠소만, 본부라는 특수성 때문일 거요. 여긴 각자도생이 아니라 서로가 질서를 유지하며 모여 살아야 하는 곳이라오. 그래서 사령관 동지께서 사윗감을 직접 정하겠다는 거요.

— 그럼, 면접으로 결정하는 겁니까?

나는 초병 곁으로 좀 더 다가서며 물었다. 넓은 도회지 여우들은 참 별스럽게도 살고 있다. 물론 세상은 변하기 마련이다. 우리도 변해야만 한다. 전쟁이 끝난 뒤부터 인간들은 빠르게 변화하기 시작했다.

— 아니오. 저 불일암 쪽에 성질 더러운 살쾡이가 살고 있다는데 가서 그 녀석 목만 물어오면 끝이라오. 우리에게 거

긴 얼씬도 못하게 하는 눈엣가시 같은 놈인데….

— 전에 도전한 누군가가 있나요?

— 그런 방식으로 배필을 정하는 건 중세시대의 반동적인 설화에 불과할 뿐이오. 이곳 젊은 여우들이 다들 그렇게 얘기한다오. 요즘 세상에 누가 그깟 일에 목숨을 걸겠소?

— 사령관 따님은 시집가기 글렀군요.

— 문제는 그게 아니오. 모두가 사랑을 너무 쉽게 얻는다는 게 문제요. 쉽게 얻어지는 것들은 쉽게 새어나가는 법이라오. 살쾡이를 잡겠다고 사지로 떠날 여우는 단언컨대 없소. 내 생각으로는 사령관의 의중에는 아마 다른 암시가 숨어있을 거요.

— 암시라고요?

내가 랑을 두고 한눈을 팔겠다고 꼬치꼬치 캐물은 건 아니다. 우리도 인간들처럼 일부일처제를 고집한다. 다만 연애만큼은 완전한 자유다. 그런데 아무리 사령관의 딸이라고 해도 부모가 자식의 배우자를 결정하겠다는 건 좀 이상하다. 어쩌면 사윗감을 핑계로 살쾡이를 제거하려는 속셈인지도 모르겠다.

혼자 길을 나섰다. 살쾡이 목을 물어오겠다는 허황된 배짱 따위는 처음부터 없었다. 사령관의 암시가 무엇인지, 당사자에게 물을 수는 없는 노릇이다. 살쾡이라는 상대에게 물어야 할 것 같았다.

무려 천 년 전에 지어졌다는 불일암은 폐허나 다름없었다. 요사채를 비롯한 부속 건물은 다 무너져 자취뿐이고 그나마 법당도 지붕이 크게 주저앉은 상태였다. 나는 마루 귀퉁이에 엎드려 두 귀를 세웠다.

— 내 목을 가져가려고 왔느냐?

살쾡이의 목소리는 카랑카랑했다. 나는 경계심을 늦추지 않은 채 자리에서 일어났다.

— 그저 얘기를 듣고자 왔소.

— 얘기는 무슨? 잔소리 말고 어서 재주껏 기량을 펼쳐 보거라.

— 누가 죽든, 궁금증부터 해결해야겠소. 저 아래 사령관은 왜 당신 목을 원하는 거요?

— 하하하, 그놈 참!

그가 호탕하게 웃었다. 공격 신호일 수도 있을 것 같아서 나는 뒤로 한 발 물러났다. 여차하면 삼십육계를 쓰면 될 일이었다.

— 그놈 딸 임자는 너로구나! 가서 전하여라. 내가 그러더라고.

이건 또 무슨 암시인가 싶어서 혼란스러웠다. 둘이 서로 가까운 사이란 말인가? 나는 그의 눈빛을 읽으려고 애를 썼다.

— 우리는 어린 시절을 함께 한 죽마고우다. 그는 자기 휘하의 여우들이 담력이 부족하다고 늘 탄식했지. 그래서 자기 딸을 걸고 딴에 도전 과제를 냈던 것이야. 나는 나대로 이 암자를 청정하게 지킬 필요가 있었고.

세상에 참 별 싱거운 일도 다 있구나 싶었다. 이렇듯 싱거운 얘기를 털어놓는 나까지 싱겁다고 여길지도 모르겠다. 하지만 내가 이 얘기를 군이 꺼낸 이유가 있다. 그가 덧붙인 말이 따로 있었다.

— 어서 내려가거라. 저 아래 쌍계사 스님이 올라오실 시간이 됐다. 법정이라고, 그분은 여기서 한나절을 홀로 수행하신다.

나는 사령관을 찾아가지는 않았다. 그럴 필요도 없었다.

의아심이 다 풀렸지만 머릿속에는 또 다른 의문이 남았다. 내가 만났던 살쾡이가 혹시 스님을 지켜드리는 수호보살은 아니었을까? 승달산으로 돌아오는 내내 나는 살쾡이의 처지를 부러워했다. 그가 누리는 하찮은 벼슬 한 자리와 그 역할까지를.

18

인간들은 알까?

자신들이 지나가는 언덕과 골짜기에 숨겨져 있는 삶의 비밀을? 아니, 인간들은 그런 걸 늘 생각하면서 살아가는 동물일까? 내가 알 수는 없는 일이다. 하지만 그 비슷한 얘기를 송아리가 내게 들려준 적이 있다.

우리 엄마는 말이야. 쉰이 가까운 나이에도 꾸준히 책을 읽으셔. 눈이 벌써 침침해졌다고 불평하시면서도 말이지. 참, 난 이제 6학년이 됐어. 알아? 하여튼 말이야. 그런데 왜 책을 읽으셔요? 하고 내가 물었지.

"나이가 들면 인생이란 게 무엇인지 저절로 깨닫게 되는 줄 알았단다. 헌데 여전히 까막눈이고, 아직도 어리석기만

하구나. 그래서 그런 답이 어느 책에 쓰여 있는지 읽어보는
거야."

"무슨 인생 말인데요?"

"사람이 태어나서 살다가 왜 죽는 건지, 죽어서는 또 어쩌
자는 건지 머 그런 것들이지."

"에고, 엄마! 그건 다 살았으니까 죽는 거 아닌가요?"

"아리야! 그렇다면, 죽었으니까 살아나는 것이니? 그건
아니지 않니?"

난 느닷없이 어떤 알 수 없는 수수께끼들이 가득 묻혀있
는 무덤의 골짜기 같은 곳으로 굴러 떨어지는 느낌이 들었
어. 그래서 엄마에게 항의했지.

"그러지 말고 쉽게 얘기해줘요. 엄마!"

너희 아빠가 늦은 나이에 전쟁터로 끌려가시던 날, 그 눈
빛을 나는 지금도 잊을 수가 없단다. 학교에서 학생들을 가
르치는 일에 네 아빠만큼 신명을 내시던 양반도 드물었지.
나라의 동량을 키우는 게 자기가 세상에 나온 이유라고 자
랑스럽게 얘기했으니까.

동량은 저기 저 용마루와 대들보야. 그런데 용마루와 대
들보가 서로 총을 들어 죽고 죽이는 일에 나서야 하는 게 결
코 이해되지 않았던 거지.

이게 도대체 무슨 일이지? 울면서 매달리는 나한테 아빠는 그렇게 묻는 것 같았단다. 눈빛으로 말이야. 어쩌면 네 아빠는 요즘에서야 내가 매달리기 시작한 문제를 그때 이미 손에 받아들었던 것 같다. 적군도 우리 동포였던 걸 염두에 둔다면, 제자들을 죽이러 떠난다는 느낌까지 들지 않았을 리 없을 테고… 죽어서도 풀지 못할 숙제여서 네 아빠는 돌아가실 수밖에 없었으리라고 난 그렇게 짐작한다. 그게 네 아빠 마지막 모습이었지.

우리가 키우던 백구는, 그날 죽었단다. 네 아빠를 끌고 가는 모습을 보고 결사적으로 으르렁거리다가 총에 맞았지. 난 그날 이후로 집에서는 개를 키우지 못하고….

갑자기 엄마 눈에서 제 무게를 이기지 못한 물방울 하나가 툭 떨어졌어. 엄마는 우리 앞에서 울지 않는 분이었으니까 아마 엄마도 모르는 사이에 떨어진 걸 거야. 낙하하는 무게 때문에 방바닥에서 납작하게 깨져버린 물방울을 엄마는 얼른 주먹으로 훔치셨지.

언니와 나는 이미 터져버린 눈물이라서 더 이상 주체하지 못하고 한참을 엉엉 울었어. 아마 내가 태어난 뒤로 가장 슬픈 저녁이었을 거야. 하지만 걱정하지 않아도 돼. 내가 하려는 얘긴 그게 아니니까.

엄마도 우리 울음을 그치게 할 속셈이었는지 이윽고 말씀을 이어나가셨어.

보통학교 때, 옥례라는 내 친구가 있었단다. 이건 재미있는 얘기니까 들어보렴. 옥례는 유달산 아래 대장간 집 딸이었지.

나도 그 철공소를 안다. 유달산을 처음 구경 갔다가 달구어진 쇠를 두드리는 소리가 바위에 부딪혀 날카롭게 메아리로 쨍쨍 우는 소리를 듣고 놀란 적이 있었으니까.

목포 유달산과 내가 사는 무안의 승달산은 서로 애틋하게 여기는 연인 사이라고 한다. 고개 한번 돌리는 일도 없이 드러내놓고 마주 본다고 손가락질을 하는 사람들도 있다.

바위가 많고 기세가 험한 유달이 사내 쪽이고, 비교적 평퍼짐하고 품이 넓은 데다가 저수지까지 끼고 있는 승달은 계집이라는 것이다. 그래서 호기심 많은 나도 유달산까지 나다니곤 했다. 승달산에는 승려들이, 유달산에는 유생과 선비들이 모여들었다고 해서 각각 이름이 붙여졌다는 말도 들었다. 그러니 원래는 달達 자 항렬의 오누이 사이였는지도 모르겠지만.

옥례는 창가를 아주 잘 불렀단다. 학교 파하고 돌아오는 길이면 나를 끌고 유달산 등성이쯤 다도해가 보이는 곳까지 가서 노래를 불러주곤 했어. 삼학도가 바라보이는 곳 말이야. 갸가 두 손을 모으고 노래를 부를 때면 파도가 쳐도 아무런 소리를 내지 않았지. 그만큼 잘 불렀어.

한 번은 옥례가 그러더라.

"난, 쇠를 두드리는 소리를 다 흉내 낼 수 있어. 보지 않고도 낫을 만드는지 괭이를 만드는지 알고, 달궈진 쇠가 물에 잠기면서 푸시시 우는 소리만 듣고도 낫이 얼마만큼 완성됐는지도 다 알지. 하지만 난 대장장이가 되려는 건 아니야. 커서 창가를 부를 거야."

"넌 할 수 있을 거야. 나는 믿거든."

"고마워. 나도 믿어. 근데 말이야. 믿으면 믿을수록 왠지 자꾸 불안해져."

"얘, 뭔지 모르지만 그런 말은 하지 마."

나는 옥례를 달랬지. 갸네 식구들은 얼마 뒤 이곳을 떠나갔단다. 보통학교를 마치기도 전이었어. 옥례가 누군지 아니? 바로 가수 이난영이야. 스무 살 때 '목포의 눈물'을 부르고, 그날 이후 살아서 이미 전설이 돼버린 가수! 난영이는 내가 모르는 그런 것들을 알았겠지. 나는 이따금 그런 생각을 하면서 난영이 노래들을 새겨듣곤 한단다. 할 수 있다면 난영이를 만나 한 번쯤은 물어보고 싶은데….

엄마가 들려준 긴 얘기를 나는 반쯤은 이해했지만 또 반쯤은 여전히 알 수 없었어. 너는 여시니까 아마 다 이해했을 거야. 그치?

아니다. 잊지 않겠다고 약속은 했지만 나는 엄마가 남긴 유언의 뜻도 제대로 헤아리지 못한다. 세상은 여전히 수수께끼 천지였다. 더군다나 하느님이 숨겨놓은 비밀이라니! 혹시 언젠가는 알게 될지도 모르겠지만.

그렇다면, 인간들은 그걸 알까? 일찍부터 서서 걷기로 작정했던 인간 족속은 언젠가는 아예 하늘에서 살겠다고 꿈을 꾸는 걸까? 아니면 단순히 키를 높여 조금이라도 높은 데서 바라보려고 그랬던 걸까? 높이 서서 도대체 뭘 보는 거지?

나는 오히려 인간들에게 묻고 싶어진다. 당신들은 우리보다 더 하늘과 가까우니까 혹시라도 하느님의 뜻을 알고 있는지를.

"엄마, 난영 아줌마 얘기 좀 더 해주세요. 재미있어요."

엄마가 더는 슬픔에 잠기는 일이 없도록 언니와 나는 엄마를 졸랐지. 인생의 비밀이라거나 뭐 그런 건 이미 우리 머릿속을 떠나간 지 오래였어.

"호야, 너도 듣고 싶지?"

물론 나도 듣고 싶었다. 아주 조심스러운 추측이기는 한데, 이 얘기 끝에는 우리가 알지 못했던 관계의 비밀이 숨어 있을지도 모른다는 기대 때문이었다. 세상 모든 이야기들은 돌고 돌아서 처음으로 다시 돌아온다는 사실을 나는 어렴풋이 안다. 그게 세상 전체에 대한 비밀은 아니라고 하더라도.

19

갈매기 바다 위에 울지 말아요. 물 항라 저고리에 눈물짓는데 / 저 멀리 수평선에 흰 돛대 하나. 오늘도 가신님은 아니 오시네.

"엄마는 먼저 노래 한 곡을 멋들어지게 부르셨어. 나는 짝짝짝, 박수를 쳤지. 물론 옆에 있던 유리 언니도 환호를 했고… 언니는 중학생이야."

〈해조곡〉이라는 유행가란다. 난영이 노래인데 내 애창곡이고….

"아줌마는 예뻤어요?"

언니가 물었어. 나 같으면 그런 걸 묻지 않았을 텐데, 언니는 벌써부터 미모에 관심이 많거든. 하루에도 몇 번씩 거울 앞에서 몸치장을 하고.

"호호호. 갸 별명이 뭔지 아니? 여시였단다."

"여시라니! 놀랍지 않니? 호야, 너는 진짜 여시, 나는 백여시, 아줌마도 여시였다니!"

난영은 얼굴이 갸름하고 고왔단다. 거기다 수수깡처럼 깡 말라서 만약 흰 치마저고리를 입힌다면 진짜 여시 같을 거라고 다들 쑤군거렸지. 하지만 여시라는 별명은 원래 '노래 여시'였어. 창가를 여시처럼 잘 부른다고 해서 말이야. 그런데 놀랄 만한 비밀이 하나 있단다. 어느 날, 옥례가 나한테만 고백한 사실이 있어. 자기에게 창가를 가르쳐준 게 여우였다고… 그 얘긴 우선 뒤로 미루자꾸나.

나는 랑의 얼굴을 떠올렸다. 이난영의 별명이 여시였다면, 그분만큼이나 노래를 잘하는 랑의 별명은 무엇이 돼야 할는지….

인간들은 곧잘 서로를 우리 동물들에 비유하곤 한다. 여시는 물론이고 개 같다든가 돼지 같다든가, 혹은 소 같다거나 곰 같다거나 말이다. 대개는 좋은 의미가 아니다. 그럼, 인간이 인간을 동물로 부르는 것처럼 우리는 여우를 인간으로 부르면 어떨까? 랑의 별명을 이난영이라고 하면 어떨까?

난영이 아버지가 돌아가시고 삼 년 뒤, 갸가 목포에 한 번 온 적이 있단다. 우리는 그때 다시 만났지. 갸가 나를 수소문해서 찾아주었던 거야. 아버지 무덤에 들렀다고 하더라. 난영이 아버지는 술고래인 데다가 가정을 돌보지 않아서 갸가 학교도 제대로 마칠 수 없었는데도 말이야.

그때 난영이는 내 가슴에 얼굴을 묻고 아주 서럽게 눈물을 쏟았지. 나도 울고….

돌아가면서 난영이가 나에게 봉투를 하나 내밀었지. 열어 보니까 그 안에 백 원이 들어있더라. 정말 거금이었지. 작은 집 한 채는 살 수 있을 만큼 큰돈이었어. 나는 깜짝 놀라서 봉투를 떨어뜨렸단다. 받을 수 없다고 했더니, 내 손에 봉투를 쥐여주면서 말하더라. 일 년에 한 번만이라도 자기 아버지 산소에 술이나 한 잔씩 대신 따라드리라고… 그러면서 그러더라. 자기가 학교를 그만두고 솜 공장에 취직했을 때, 내가 찾아왔던 일을 잊지 못한다고… 갸를 본 건 그게 마지막이었어.

"솜 공장 얘기는 뭐예요, 엄마?"

학교를 중퇴한 뒤에 자기 오빠랑 솜 공장에 다닌 적이 있지. 내가 거기로 찾아갔단다. 우리는 건빵 한 봉지를 사 들고 유달산 중턱을 올랐어. 옥례 '노래자리'로 말이야. 옥례는 그날 끝내 노래를 부르지는 않았어. 솜 공장에서 일하다 보니까 목이 자주 막힌다고 했지. 건빵을 고른 이유도 그 때문이라고 했어. 목에 낀 솜 가루를 건빵에 묻혀 삼키곤 한다고….

　그때의 이난영처럼, 요즘 들어 산에 자주 올라와 노래를 부르는 소년 하나를 우리 여시들은 알고 있다. 박박머리를 한 고등학생이었다.
　소년은 얼굴이 준수했다. 이야기로만 들었던 이난영처럼 가난에 찌들어 있지 않은, 귀공자형이었다.
　우리 여시들은 소년을 특별히 좋아하지는 않았다. 우리가 뭘 알겠는가마는 이전 이난영과는 여러모로 색다르게 노래를 불렀기 때문이다.
　노래를 부르는 중간마다 턱과 어깨를 툭툭 쳐올리거나 팔을 뻗는 춤 동작을 곁들였다. 말하자면 자기가 노래를 하면서 춤까지 추는, 가무 겸장인 셈이었다. 그런데 소년이 팔을 뻗는 동작을 보면 하필, 아이들은 저리 가라고, 우리 여시들을 귀찮아하면서 내쫓는 손짓처럼 보였던 것이다.

　랑의 노래가 아직도 귓전에 맴돌지만, 내가 가수 얘기에 빠져든 건 나까지 노래에 관심이 있어서는 아니다. 순전히 송아리 때문이다. 그러니 이 얘기만큼은 여기서 마무리하자. 다만 밝혀둘 사실들이 좀 있다.

불멸의 가수 이난영은 송아리 얘기가 끝나고 꼭 삼 년 후에 세상을 하직했다. 알코올중독과 수면제 과다복용이 사인으로 밝혀졌다. 그녀의 나이 불과 마흔여덟 살에 지나지 않았다. 대가수였지만 말년은 믿기지 않을 만큼 불행했던 셈이다. 어떻게 그런 일이 벌어질 수 있을까?

어쨌거나 훗날 이난영 노래비가 유달산에 세워질 때, 송아리네 엄마는 관계자들 앞에서 이난영의 노래자리를 정확히 지목해 주었다. 이난영이 보통학교를 다니면서 늘 여기 와서 노래 연습을 하곤 했다고… 노래비는 바로 그 자리에 세워졌다.

그리고 또 하나, 왠지 건들거리는 듯 노래를 부르곤 했던 소년은 이난영이 죽은 바로 그해에 가수로 데뷔했다.

하나가 죽은 자리에서 또 하나 다른 씨앗이 움터서 탄생하는 일, 이보다 놀랍고 신비스러운 일은 하늘 아래 많지 않다. 이 사실을 꼭 기억해 두었으면 한다. 하여간 소년은 남도 출신이라는 점을 강조하려고 그랬는지 성을 남南씨[5]로

---

[5] 가수 남진(본명 김남진)

정해서 활동했는데, 그가 한국 가요사에서 결코 빼놓을 수 없는 새 시대를 열었다. 하필 이난영이 가던 해에 등장해서 인생의 숨겨진 비밀들을 이난영처럼 노래로 풀어내기 시작한 게 또 다른 수수께끼라면 수수께끼이리라.

내게 중요한 건 그날 얘기 끝에 송아리가 했던 고백이다.

엄마 말씀을 듣고 난 뒤 난 두 가지 결심을 했어. 하나는 엄마처럼 책을 많이 읽어야겠다는 각오였어. 수수께끼 문제를 받으면 나는 그걸 풀어내지 않고는 죽어도 잠을 못 자는 아이거든. 그래서 엄마 수수께끼도 내가 커서 풀어드리겠다고 다짐한 거야.

나머지는 호, 너에 대한 실토였어. 너를 만나고 있다는 고백이었지. 엄마가 들려주신 난영 아줌마에 대한 마지막 얘기 때문에 용기를 얻었던 것 같아. 그 얘긴 잠시 후에 들려줄게. 좀 으스스한 스토리야. 어쨌든 난데없이 집에 날아와서 죽은 꿩이나 뜸부기, 종다리, 그리고 알밤이며 호두에 대해서 난 고집스럽게 비밀을 지켜왔는데 말이야. 그렇게 말씀하시는 엄마에게까지 비밀로 한다는 건 도리가 아니라고 여겼어. 엄마가 왠지 가엾어 보였던 거야.

"너도 괜찮지. 호야?"

우리 엄마는 내 얘기를 듣고 몹시 놀라셨어.

송아리네 엄마가 놀랐다고 했지만 랑도 내 얘기에 크게
놀랐다. 그 애는 여간해서 의구심을 거두려고 하지 않았다.
아리가 가족들에게 내 얘기를 고백했다는 걸 알고 나도 아
리 얘기를 랑에게 실토했던 것이다.

20

"이 얘긴 너만 알고 있어야 돼. 알았지? 약속하지? 자, 깽 끼!"

옥례와 내가 서로 새끼손가락을 걸었다. 한참을 머뭇거리 던 옥례가 드디어 입을 열기 시작했다.

"난, 아무래도 여시에게 홀린 것 같아. 아니, 사실대로 말 하자면 나에게 노래를 가르쳐준 건 여시야."

믿기 힘든 얘기가 새어나왔다.

"어느 날 내가 노래를 연습하려고 산에 올랐는데, 소복 차 림의 그녀가 다가왔어. 이뻤지. 아주 이뻤어."

옥례 말이 사실인지 아닌지 나는 지금도 헤아려지지 않는 다. 재차 물어본 적도 없고, 나 스스로도 이날 이때껏 입을 꾹 다물고 살았기 때문이다. 하지만 어느 정도는 진실이라고 믿고 있다. 얘기를 풀어놓는 동안 옥례는 내내 진지했고, 사뭇 경건하기까지 했으니까.

"노래를 하려면 먼저 음을 구별할 줄 알아야 한단다. 그런데 넌 음을 알고 노래를 하는 거니? 여자가 첨에 한 말이 그거였어. 나는 안다고도 모른다고도 대답할 수 없었지. 여자 얘기가 너무 옳다고 여겼던 거야. 난 벌을 받는 아이처럼 그냥 눈을 내리깔았어. 수긍해야지 별수 있겠니? 그랬더니 여자가 말했어. 대장간에서 네 아버지가 쇠를 두드리는 소리가 여기서도 들리는구나. 헌데 넌 알겠니? 시방 네 아버지가 낫을 만드는지 호미를 만드는지를? 나는 이번에도 대답하지 못했어. 지금 저 소리는 호미 날을 두드리는 소리다. 집으로 가거든 확인해 봐도 좋다. 그리고 내 말이 틀림없거든 나를 믿고 내 말을 믿고 따라라. 알겠니? 내가 너를 세상 최고의 가수로 만들어주마."

"…"

"석 달쯤 지나자 난 우리 아버지가 두드리는 쇳소리를 분간할 수 있게 됐어. 그녀 앞에서 자랑했지. 저 소리는 괭이여요, 저 소리는 이제 처음 달군 무쇠 소리요, 하고 말이야. 여자는 뾰족한 송곳니가 드러나도록 웃더니 다음 과제를 내게 주었어. 항구 쪽에서 들려오는 뱃고동 소리를 듣고 그게

출항하는 뱃고동인지 귀항하는 뱃고동인지 가려내라고. 귀
신이 아닌 담에야 그걸 어떻게 아니? 하지만 또 석 달쯤 지
났을 때 용케 구분할 수 있는 귀가 저절로 열린 거야. 사람
들은 반대로 알고 있던데, 귀항할 때 소리는 가늘면서도 길
지. 대신에 출항할 때는 무겁고….

나는 그날 이후로 여자가 시키지 않아도 나뭇잎을 스치고
가는 바람소리, 바닷속을 헤엄치는 물고기 우는 소리들을
모두 귀담아들었지."

"그래, 넌 타고난 애니까 그러고도 남았을 거야."

"넌 목소리가 너무 가늘다. 한 번은 그 여자가 내 목소리
를 지적해 주었어. 그건 나도 잘 알고 있는 사실이었어. 내
목이 가늘뿐더러 몸이 약하니까 당연히 그러려니 했지. 그
런데 여자 얘기는 달랐어. 애야, 가늘면 짧고 빨라야 되는
거야. 조선의 8명창에 꼽히는 소리꾼들이 다들 하신 말씀이
야. 그러면서도 그들은 엿가락처럼 늘여 뺄 때도 많았지. 왜
그랬는지 아니? 소리에서는 계면界面이 부득불 필요했던 거
야. 하지만 노래가 달라지면 창법도 달라야 해. 너는 목이
가느니까 노래를 빨리 몰아갈 것, 잊지 마라. 너 설마, 판소
리를 부르려는 건 아니지?"

"그런 걸 알다니, 진짜 귀신이구나!"

"이렇게 가르쳐 준 적도 있어."

― 소리에는 머리에서 나오는 소리가 있고 목에서 나오는 소리가 있단다. 배에서 나오는 소리도 있고… 넌 시방 목구멍에서만 소리를 내고 있어. 그래서 금방이라도 바람에 날아갈 것 같은 모깃소리가 나는 거야. 그렇다고 물론 배에서만 나는 소리로 노래한다면 사람들이 아마 돼지 멱따는 소리라고 흉을 볼 거다. 그러니 이렇게 해라….

창가는 자고로 모깃소리는 아니더라도 종다리나 꾀꼬리 정도면 된다. 그래서 네 목소리를 지키되, 노래할 때마다 항상 머리에서 나올 소리와 배에서 나올 소리를 그저 악보를 눈앞에 두듯이, 네 귀에 두고 있어라. 그렇게만 하고 있어도 괜찮을 듯싶다. 모든 소리를 네 귀에 두는 일, 이 말뜻을 이해하겠니?

옥례는 그 자리에서 나한테도 여자에게 배웠다는 소리들을 구별해서 들려주었다. 배에서만 나온다는 목청을 과장해서 내질렀을 때 우리 둘 다 깔깔거리면서 웃기도 했다. 옥례가 일부러 돼지 멱따는 소리를 냈던 것이다.

"맨바닥에 비스듬하게 모로 눕기를 잘하던 그녀 모습이 아직도 눈에 선해. 깨끗하게 풀 먹인 치마와 저고리 차림을 한 젊은 여자가 말이지. 마지막 가르쳐준 수업도 잊히지 않고… 물론 그 뒤로도 한동안 더 만났지만, 마지막은 그거였어. 어떤 노래든, 한번 부르려고 한다면 그걸 완전히 자신의 노래로 만들어야 한다고. 흉내는 낼 수 있어도 누구든 가져갈 수 없는 것이어야 한다고 말이야. 그러던 어느 날, 내가 그녀 눈동자를 무심코 들여다봤지."

"무서운 얘기면 하지 마."

내가 몸을 떨었지만 옥례는 아랑곳하지 않았다. 그 애의 입가에는 알 수 없는 야릇한 미소가 번졌다. 지금도 그때 그 미소가 떠오를 때마다 나는 옥례가 이미 세상의 수수께끼 하나쯤은 풀어냈던 게 아닐까 하는 생각이 들곤 했다.

"근데 동공이 뭔가 이상했어. 나는 그냥 눈 어딘가가 양귀비나 서시처럼 세상 사내들을 다 녹일 수도 있겠구나, 하는 생각만 했는데… 아니었던 거야. 그녀 눈 한가운데 동공이 우리와는 달리, 세로 모양인 것을 발견하고 말았어."

에구머니나!

옥례 얘기를 듣는 순간 나는 비명이 새어 나올 뻔했다. 하지만 그 애와 새끼손가락을 걸었던 다짐도 있고 해서 황급히 내 입을 틀어막았다.

"난 그리 크게 놀라지는 않았어. 그게 누구든 이 서럽고 불쌍한 옥례를 위해 그만큼 정성을 쏟아 노래를 가르쳐 준 사람은 세상에 없었으니까."

"무섭지는 않았니?"

"무서울 게 머 있어. 우리 아버지가 입에 달고 계시는 타령처럼 죽거나 살거나 업어치나 메치나, 그런 판에… 근데 내가 물어보기는 했지. 왜, 내게 뭘 기대하고 노래를 가르치는 것이냐고."

"그랬더니? 설마 간을 빼달라는 대답은 아니었지?"

"그랬더니, 참 알쏭달쏭한 말을 했어. 한 마디도 틀리지 않게 고대로 전해줄 테니까 잘 들어봐…."

— 너희 동네 서당에서 학채學債를 받던 식으로만 하자. 쌀 때 쌀 한 말, 보리 때 보리 두 말 그렇게… 학동들이 가난해서 수업료로 가을에 추수한 뒤에 쌀 한 말 내고, 여름에 보리를 수확하면 보리 두 말을 내는 거 알지? 네가 가수로 성공하면 그때 받으마.

"그러면 쌀과 보리를 합쳐서 서 말만 내면 돼?"

내가 바보 같은 질문을 하고 말았다. 옥례가 그때 삼학도 쪽으로 멀리 눈길을 돌렸다. 나도 그 애 눈길이 향하는 곳을 바라보았다. 묘하게도, 섬의 세 봉우리 위로 각자 흰 꽃이라도 피워낸 듯 왜가리 세 마리가 날고 있었다.

"들어봐. 그 여자는 말했어."

— 네 인생 가장 행복한 시기가 오면 내가 찾아가서 그 행복 중 다만 얼마를 좀 떼어갈 거야. 난, 나이가 너무 많아서 피치 못하게 젖먹이를 떼어놓고 여길 와야 했거든. 넌 아마 내가 뭘 받아가고 덜어갔는지, 그런 것도 모를 거야.

"그래서, 그래서 어떻게 했는데?"

나는 숨이 막힐 만큼 다급한 목소리로 물었다. 앞뒤 가릴 새도 없었다. 하지만 옥례는 아주 태연하게 대답했다.

"응, 계약했어. 좋다고 했지 머!"

21

"네가 그 여시를 불러올 수도 있니?"

아리 엄마는 그렇게 물었다고 한다. 딸 가진 지상의 모든 부모들과 하나도 다를 바 없이….

"엄마, 그 애 이름이 호라니까요!"

"그래, 미안하다. 호 말이야."

"내가 이름을 부르면 틀림없이 나타날 거라고 믿어요. 내 목소리를 기억하고 있을 테니까요. 하지만 그 애 이름이 알려지는 것도 싫고, 무엇보다 너무 위험해서 싫어요."

— 아리라는 아이를 산으로 부를 수도 있어?

랑도 나에게 그렇게 되물었다.

— 글쎄, 방법을 찾아보면 가능할 것도 같은데, 굳이 그럴

필요가 있을까?

　— 필요? 정말 믿을 만한지 확인해 봐야 하는 거 아니야?

　— 쓸데없는 소리 하지 마. 우리가 알고 지냈던 세월이 증명하는 거야.

　— 우리라고?

　그런 대화를 나눈 뒤로 사흘이나 지났을까? 온다 간다 말도 없이 랑은 집을 나간 뒤 밤새 돌아오지 않았다. 나는 한순간도 잠을 자지 못하고 산의 봉우리와 계곡, 그리고 마을 주위를 샅샅이 뒤졌다. 그 애를 보았다는 여우도 없었고 내 후각의 사정거리 안에서도 그 애 체취는 없었다. 죽기보다 무섭고 싫은 일이었지만 혹시나 하고 방앗간 쪽으로 덫꾼 사내의 집도 찾아가 보았다. 랑이 들려주었던 자기 부모들 경우처럼 혹시 거기 있지는 않은가 하고.

　하룻재라는 고갯마루에서 다도해를 미끄러지듯 떠나가는 어선을 바라보다가, 나는 랑이 나를 떠났다고 믿었다. 살아서든 죽어서든… 물론 우리 여시들은 다른 짐승들처럼, 혹은 인간들처럼, 살아서 배우자에게 등을 보이지는 않는다.

　나중에 내 얼굴을 고여 있는 물에 비쳐 보니 수염 몇 가닥이 하얗게 변해 있었다. 그날 이후 내 수염은 다시 예전의 색깔로 돌아오지 않았다.

― 아리네 집에 다녀왔어.

랑은 아무런 일도 없었던 것처럼 심드렁하게 말했다.

― 걱정했어.

― 뭘 걱정해? 내가 어린애도 아닌데….

― 말이라도 하고 가지 그랬어? 내가 안전한 길을 안내할
수도 있었을 텐데.

― 됐어. 그냥 혼자 가보고 싶었어.

내 귀에는 들려오지도 않았지만 랑은 간밤의 일들을 털어
놓았다. 내가 알려준 헛간에서 아리를 기다렸다는, 그렇지
만 아리는 나타나지 않더라는 얘기만 내 귀에 들렸다.

"호야! 호야!"

그 며칠 뒤였던가, 산등성이를 이리저리 헤매면서 내 이
름을 부르는 소리가 들려왔다. 굴속에서 낮잠을 자고 있던
랑과 나는 놀라 일어났다. 귀를 기울여보니 아리 목소리가
섞여 있는 듯도 했다.

― 무슨 일이야?

눈빛에 잔뜩 의심을 담은 채 랑이 물었다. 아무런 기척도
하지 말라는 뜻으로 내가 그 애의 입술을 혀로 핥았다.

"여우야 여우야, 뭐하니? 밥 먹는다. 무슨 반찬? 개구리
반찬!"

아이들은 신이 나서 합창을 했다.

"살았니, 죽었니?"

"호야! 얼굴 좀 보자!"

"그래, 친구들이 왔어!"

"네가 좋아할 만한 것들도 사 들고 왔어. 어서 나와 봐.

아이들은 신이 나있었다. 랑에게 꼼짝하지 말라고 이르고 뒤쪽 출입구로 나갔다. 랑이 내 뒤를 따라나섰다. 어차피 내 얘기를 들을 랑이 아니었다.

— 그냥 여기 있으라니까 그러네.

— 싫어. 어떤 애들인지 나도 좀 봐야겠어.

우리는 덤불에 몸을 숨기고 아이들을 살펴보았다. 모두 다섯이었다. 그중 두 아이는 몽둥이와 장대를 들고 있었다. 나도 아니라고는 할 수 없었지만 랑은 분노에 몸을 떨었다.

아리는 거기 없었다. 아리의 언니 유리가 아이들을 이끌고 있는 게 눈에 들어왔다. 아리 목소리와 비슷하다고 착각한 게 그 때문이었다. 일이 어떻게 벌어진 것인지 알 만했다. 유리가 소문을 내고, 호기심 많은 아이들이 서로 작당을 한 게 분명했다. 심지어 한 사내아이는 미리 준비해 온 고구마 한 토막을 다른 애들 모르게 돌 밑으로 쑤셔 넣기도 했다. 쥐약이 묻었을 게 틀림없을.

그날 일은 모두에게 큰 파문을 일으켰다. 특히 쥐약을 묻혀온 고구마는 쉽게 씻어질 수 없는 앙금을 남겼다. 물론 아무도 그 일에 대해서는 언급하지 않았다. 오해가 생기면 그걸 풀기보다는 입을 다무는 점에서 인간과 우리 여시도 다르지 않았다.

유리 얘기까지, 송유리의 인생까지, 여기서 언급할 수는 없다. 만약 그렇게 하려고 했다가는 천일야화처럼 또 다른 천 날의 밤이 필요하다.

우선 한 가지 일만 밝히기로 하자. 나중에 할 얘기는 나중으로 미루는 게 좋다. 유리는 참 따뜻한 아이였다. 유달산의 소년 가수가 이름을 드날리기 시작하고 한 시대를 풍미할 때까지 유리는 거의 사흘에 한 번쯤은 그 가수에게 편지를 썼다. 이른바 모든 가수들에게 보내지던 팬레터를 통틀어 그 시작과 원조는 송유리라고 해도 무방할 듯싶다. 다만, 처음 백여 통의 편지만큼은 송아리가 대필했다.

그날 이후 우리 모두는 서로 조금씩 멀어졌다. 아리와 유리 사이, 아리와 엄마 사이, 엄마와 유리 사이. 랑과 나 사이, 그리고 나와 아리 사이까지도 예외 없이 다 그랬다. 불똥이 아리네 가족에게까지 튄 이유는 아리와 유리가 심하게 다투었기 때문이다.

나는 한동안 아리를 찾지 않았다. 나중에야 거울에 비춰 보듯 훤하게 밝혀진 일이었지만 오해의 뿌리는 여간해선 쉽게 뽑혀 나오지 않는다. 아이들이 돌 밑에 두고 갔던 고구마에는 쥐약이 묻어있지 않았다. 랑과 내가 오해했을 뿐이다. 하지만 너나 할 것도 없이, 인간이든 우리 여시든 아주 사소한 오해에도 상처받기 쉬운 동물이 분명하다.

함께 지내면서도 서로가 어찌할 수 없는 고독한 순간들은 있다. 순간 정도가 아니다. 하루 이틀, 석 달, 때로는 열두 달 내내 지속될 수도 있다.

그랬다. 보름달이 열두 번 뜨고 지는 동안에 우리는 괴로웠다.

존재하므로 고통한다! 말이 되든 말든, 그런 생각이 든다. 고통 때문에 우리 여시들은 오늘도 산다. 인간은 어떨지 몰라도.

22

랑은 아이를 갖지 못했다.

아니, 이 말은 다 틀렸다. 우리가 아이를 갖지 못했던 것
도 아니고, 갖지 못했다고 하더라도 랑이 그런 건 아니었다.
그러니 바꿔 말하면 우리가 낳아 길러낸 아이는 없다. 아니,
이 말도 바르지 않다. 우리는 누군가, 내 엄마가 나를 그리
하셨던 것처럼 다른 집 아이를 입양하지도 못했으니까.

아주 힘들지만 그때 얘기를 발설하지 않을 수 없을 것 같
다. 내 가슴에 기억으로 박힌 대못이 말을 하면 할수록 살아
서 내 몸을 찌르는 한이 있어도.

우선은 전에 하지 못했던 프러포즈 일부터 공개하기로 하
자. 말이란 한번 내뱉으면 주워 담지 못한다고 하는데 왜 그
런지 사람들은 그 이유를 잘 모르는 것 같다. 그건 이렇게

이해하면 된다. 심한 비유일지 모르겠는데, 한번 발설한 말
은 사람들이 아무렇게나 뱉은 침과 다를 게 없어진다. 내뱉
는 순간 모든 말들이 산화되고 부패되기 때문이다. 듣는 상
대가 같을 때는 더욱 그렇다. 그래서 새로운 프러포즈로 랑
을 사로잡아야 했다. 나는 이렇게 바꾸어 고백했다. 네가 싫
다면 나는 평생을 홀로 살겠노라고….

아, 랑은 아이 셋을 낳은 적이 있다. 우리 모두가 외롭고
냉랭하던 바로 그 시기였다.

산통이 시작되기 전부터 나는 랑의 곁을 지켰다. 그 애가
먹지 않으면 나도 먹지 않았다. 소금만 조금씩 핥았을 뿐이
다. 아리가 선물해 준 소금이었다. 딱딱하게 군은, 제 주먹쯤
되는 크기의 소금 덩어리를 내밀면서 그 애가 말했었다. 소
금은 만물에게 다 필요하다고 학교에서 배웠어. 이런 거, 너
도 필요하니?

생소금만큼 짜고 간절하게, 랑이 안전하게 출산할 수 있
기를 빌었다. 그러나 우리 바람은 이루어지지 않았다.

첫 아이와 둘째 아이가 세상 밖으로 나왔지만 숨을 쉬지
않았다. 기껏 쥐 정도 크기의 핏덩이여서 나는 그 애들이 혹
시 너무 작아서 숨소리도 내지 못하는가 하고 생각했다. 그
렇지만 크기가 문제는 아니었다. 물속에서 건져 올린 오래

된 나무토막처럼 아이들은 검고 차가운 데다 형체까지도 분명치 않았다.

세 번째 아이는 달랐다. 아이는 밖으로 나오자 낮게 옹알이를 했고, 태반을 둘러쓴 게 답답한 듯 네 발을 들어 허우적거렸다. 나는 눈물을 터뜨리면서 아이를 꺼내들었다. 하지만 그게 전부였다. 아이는 무섭도록 몸을 치떨면서 경기를 하더니 이내 잠잠해지고 말았다. 그랬다. 아주 지독한 악몽처럼….

— 지금 내가 꿈을 꾸는 거야?

정신이 몽롱한 상태에서 랑은 절규했다. 꿈이 아닌 생생하고도 무참한 현실이었다. 산모는 끝내 정신 줄을 놓기까지 했다. 나도 내 정신이 아니었지만 소리쳐 울면서 그 애 입에 물을 흘려 넣고 정성껏 애무까지 해주었다. 잠시 후에 몸을 일으킨 랑은 다시 울부짖었다.

— 이건 꿈이지?

나는 어떤 대답도 해줄 수 없었다. 생각 같아서는 꿈이 아니라 누군가가 우리를 상대로 장난을 치는 것이라고 얘기해주고 싶었다. 그 누군가가 어떤 작자인지는 알 수 없었지만… 나는 죽은 아이들을 한입에 물고 밖으로 나왔다. 눈에서 사라져야 그나마 나을 성싶었다.

피난민 출신인데도 불구하고 나를 키워준 엄마는 멀쩡했

던 자식 넷을 사고로 잃었다. 그때 심정이 어땠을지 조금이나마 짐작이 되었다. 엄마는 그날 이후로 나에게는 과분할만큼의 모든 사랑을 쏟아부으셨다.

나 혼자 그날 굴에 남았던 건 형들 때문이었다. 남아서 집을 지키라고 윽박질렀던 게 그들이었다. 친형제가 아니라는 이유로 나를 노골적으로 괴롭히던 시기였다. 엄마는 그걸 알고도 모른 체하셨다. 하긴 친형제들끼리 갈등이나 다툼도 거의 간섭하지 않았지만… 그러나 나 혼자 세상에 남게 되자 완전히 달라지셨다.

랑 역시 그 일을 겪은 뒤부터 달라졌다. 초점을 잃은 눈으로 멍하니 웅크리고 있다가 갑자기 벽에 머리를 부딪치곤 했다. 그럴 때마다 내가 온몸으로 막았다.

— 랑아, 차라리 나를 때리든지, 물어뜯어, 응?

— 놔, 놓으라고!

— 부모를 버리고 가야 할 만큼 더 좋은 곳이 있었을 거야. 난 그렇게 믿어. 그러니 제발, 우리가 붙들어서도 안 되는 거였다고 받아들여, 응?

— 넌 시방, 그따위 말을 위로라고 하는 거니?

랑이나 나나 건강하다고 자신했기 때문에 나 역시도 물론 받아들이기는 어려웠다. 랑이 보이지 않는 곳에 가서 나도 하염없이 눈물을 쏟곤 했다. 어쩌다가 이런 일이 생긴 걸까?

나는 그 이유가 의심할 바 없이 쥐약 때문이라고 믿는다. 직접 약을 먹었거나, 약을 먹고 죽은 쥐를 먹지 않았다고 하더라도 결과는 마찬가지다. 우리가 마셨던 물과 나무 열매, 땅을 파서 캐먹은 뿌리나 다른 곡식 모두에 독은 이미 다 스며들었으리라. 아주 작은 양이라도 그게 랑과 내 몸에 차곡차곡 쌓인 게 분명하다.

그렇다면 인간들 스스로는 괜찮다고 믿는 걸까?

혹시, 인간들이 쥐 떼처럼 너무 들끓는다고 비밀스럽게 산아제한을 꾀하고 있는 건 아닐까? 이대로 낳다가는 거지 꼴 면치 못한다거나, 둘도 많다고 외치고 다니는 확성기 소리를 들어보면 그런 의심도 무리는 아니다.

그건 그렇다 치고, 쥐는 왜 또 그토록 무자비하게 잡아야 하는지 모르겠다. 엄마가 들려준 일화를 인간들은 알까?

만주에서 살았던 엄마 친구로부터 들었다는 얘기는 이랬다.

북쪽 그 나라 지도자는 백성들이 굶주리는 이유를 참새 탓으로 돌렸다고 한다.[6] 인민의 양식이 되어야 할 알곡을 훔치는 도적이며 해로운 새라고 선포했다. 그래서 도적놈들

6) 1958년 모택동의 제사해除四害 운동을 언급하고 있다. 모기, 파리, 쥐와 더불어 참새를 박멸해야 한다는 주장이었는데, 이때 대략 2억 마리의 참새가 소탕됐다고 전해진다. 기근으로 인한 사망자는 홀로코스트의 6배가 넘었다고 한다. 당시 우리나라 전체 인구보다 많은 숫자다.

을 소탕하라는 명령을 전국에 내렸다. 오랜 전쟁이 끝나자마자 이번에는 참새들을 상대로 한 전쟁이 발발했다. 인민들은 뒤늦게 분풀이라도 하듯 참새를 사냥했다. 가장 잘 알려진 사냥 방식은 냄비와 북을 요란하게 두드림으로써 참새가 땅에 내리지 못하고 지쳐 떨어지게 만드는 방식이었다. 그 결과 마을마다 잡아서 쌓아놓은 참새가 산을 이루었다. 엄마 친구는 참새를 가득 싣고 가는 달구지 행렬이 십 리에 이르는 광경을 직접 목격했다며 몸서리쳤다고 한다.

위정자가 뜻한 바대로 참새는 전국의 산야에서 모습을 감추었다. 그런데 엉뚱한 문제가 생겼다. 참새가 사라지자 메뚜기를 비롯한 온갖 해충들이 창궐하면서 연거푸 대흉작이 닥치고 말았다. 그러니 이번에는 사람이 죽어야 할 차례였다. 실제로 그런 일이 벌어졌다. 참새만큼은 아니라고 하더라도 기근으로 죽는 사람들이 방방곡곡에 넘쳐났다.

우리 여시들이 모두 사라지면 인간들은 조금이라도, 눈곱만큼이라도 더 행복해질까? 만약 그렇다면 상관없다. 어느 한쪽이라도 행복할 수 있다면….

23

"북망산이 멀다더니 저 건너 안산이 북망이로다."

"어 넘차 너화넘."

승달산 아래쪽에서부터 상두 소리가 희미하게 길을 거슬러 올라오자 메아리가 되받는다. 이제 곧 우리 여시들이 깃들 자리가 하나 더 늘어날 것 같다. 무덤 흙은 부드러워서 토끼들이 쉽게 굴을 팔 수 있다. 게다가 이따금 사람들이 제수 음식을 두고 가기도 한다. 하지만 새 무덤을 반길 수 있는 여시들이 이제 이 땅에 몇이나 남았을꼬?

"옆집 큰 애기 머리 풀고 운다마는 먼 산 호랑이 술주정을 하네 그려…."

"와하하하, 흐흐흐! 어, 어화 넘차 너화넘."

선소리꾼의 재담 때문에 상여 행렬은 흥겨웠다.

— 이놈아!

누군가가 길을 지나던 나를 호된 목소리로 불러 세웠다. 우리 산동네에서 가장 연로한 여시 영감님이었다.

— 안녕하세요?

— 안녕은 하다만, 넌 귀때기라도 부러진 게냐? 여시가 여시답지 않게 왜 개처럼 귀때기를 늘어뜨리고 헤매는 거야? 포수 놈들 불이라도 맞고 싶어서 환장한 거야?

정말이지 나는 환장했는지도 모르겠다. 숲속 어딘가에서 젖먹이 여우라도 하나 주울 수 있지 않을까 싶어서 길을 나섰으니까. 우리 엄마가 나를 우연히 발견하셨던 것처럼⋯. 랑에게 안겨주고 싶었다.

— 이리 오너라. 너희 부부 애사에 대해서는 나도 들었다.

저절로 떨어져서 뒹굴다가 맛이 들었을 곶감 하나를 영감님이 내 손에 쥐여주셨다. 내 몸에 박힌 대못이 꿈틀거려서 나는 또 와락 눈물을 쏟았다.

— 울지 말거라. 울더라도, 울면 울수록 슬픔을 지우는 눈물을 흘려야 하는 법이다. 세상 모든 늙은이는 그걸 체득했기 때문에 눈물이 적은 거란다.

— 고맙습니다. 저는 아직 멀었네요.

— 아무렴. 그게 쉬운 일은 아니지. 그러니 훈련을 하고 단련을 해야지. 우리를 노리는 인간 포수들이 어떤 줄 아느

냐? 그놈들은 몇 날 며칠이고 우리 같은 짐승들을 한 방에 명중시키려고 연습을 한단다. 우리에게 고통을 덜 주기 위해서가 아니고 총알을 아끼기 위한 짓이겠다만… 헌데 정작 우리는 놈들이 쏜 불을 피하는 훈련을 게을리해서야 쓰겠느냐? 슬픔이든 총알이든, 그게 다 마찬가지 이치란다.

　슬픔은 길고, 기쁨은 짧게….
　그 순간 우리 엄마의 유언이 내 귀를 파고들었다. 랑에게 이런 말로 위로했더라면 얼마나 좋았을까? 하지만 그런 일을 미리 대비하고 또 연습할 시간이 없었다는 억하심정도 아주 없지는 않다. 마치 잘 익은 포도는 우리가 기다리다가 지쳐서 떠나간 뒤에야 떨어지는 것처럼.
　— 나는 이제 살 만큼 살았지. 언제 내 목숨이 끊어지더라도 원망하지는 않을 생각이다. 다만 그게 노환일지 아니면 쥐약 때문일지, 포수 놈이 쏜 불 때문일지, 그것만큼은 아주 궁금할 것 같구나. 알아도 무슨 대수일 것이랴만….
　— 가신다면 어디로 가시게 될까요?
　— 끄응!
　영감님이 한숨부터 내쉬었다.
　— 내가 늘 물을 좋아했으니까, 물가를 떠도는 바람이나 될까?

— 원하는 대로 할 수 있는 걸까요?

— 이 친구야, 낸들 그런 일까지야 알 수 있겠는가? 살아서도 원하는 대로 이루어지는 게 많지 않은 법인데 죽어서야… 다만, 알 수 없는 무엇인가가 되긴 하겠지. 그 또한 내 욕심에 지나지 않을지도 모르겠지만.

— 그렇군요.

— 이제 그만 집으로 돌아가 봐라. 안식구 잘 다독이고.

인사를 하고 물러 나왔지만 랑이 있는 굴로 바로 돌아가기는 꺼려졌다. 바다를 내려다보면 답답한 가슴이 좀 나아질까? 나는 다시 터벅터벅 산허리를 돌아갔다. 그리고 다도해가 훤히 내려다보이는 자리에 낮게 웅크렸다.

바다가 거칠게 몸을 뒤척이는 풍경이 눈에 들어왔다. 물이 빠진 포구에는 돛배들이 비스듬하게 누워있고 갈매기 대신 왜가리 떼가 물속에서 무엇인가를 건져내고 있다. 내 꼬리를 흔든 바람이 급하게 산을 내려가더니 포구 근처 얕은 물을 헤적거리는 게 보였다. 저 바람은 영감님보다 앞선 어느 누군가가 죽어서 바뀐 영혼일까?

우리는 죽어서 무엇인가가 된다?

맞다. 나는 영감님 말씀이 옳다고 믿는다. 고쳐 말하자면,

윤회나 환생을 믿는 것이다. 우리들 영혼은 무슨 고무신이나 책처럼 공장에서 마구 찍어내는 게 아니다. 반면에 우리 육신은 공장이 아니더라도, 그리고 마구마구는 아니라고 하더라도, 누군가가 하나하나 찍어낸다고 할 수 있다.

우리 육신이 흙으로 빚어졌다는 말은 그래서 생겼을 것이다. 그렇게 육신이 하나 생산되면, 마치 고무신에 상표가 붙듯, 영혼 하나가 착 달라붙게 된다. 죽는 순간까지 절대로 떨어지지 않는….

내가 얘기하고 싶은 건, 몸뚱이가 죽는 순간에 넋은 어디로 가는가 하는 점이다. 더불어 같이 사라진다고? 그건 위대한 자연의 순리에도 어긋나니까 귀를 기울일 만한 가치가 없다. 이를테면 우리 여시들은 수도 없이 많은 혼불을 목격했다. 사람들이 죽을 때만 혼불이 나가는 건 아니다. 우리들 여시도, 심지어 꽃 한 송이가 떨어질 때에도 혼불이 나가는 모습을 우리는 숱하게 지켜보았다. 비록 크기와 밝기가 제 각각이긴 하지만.

내 아이들이 좋은 곳을 찾아갔을 것이라고 랑을 위로한 뒤, 그리고 그따위를 위로랍시고 늘어놓느냐는 랑의 거친 반발에 직면한 후부터 나는 이 문제를 오래도록 궁리했다.

내가 짐작하기로는 넋이란 기, 곧 정기가 서린 일종의 에너지다. 그리고 넋 혹은 영혼이라는 것은 어딘가 잘 달라붙도록 찐득찐득한 자성을 가지고 있을 것만 같다. 그렇게 육신과 영혼이 일대일로 결합된다. 혼과 백이 말이다. 그런데 넋이 에너지라면, 이 경우에도 이른바 인간 학자들이 주장한 '에너지 불변의 법칙'을 적용할 수 있을 것이다. 그러므로 영혼은 죽지 않는다고 단언해야 한다. 죽을 수도 없다. 다만 어딘가로 옮겨갈 뿐이다.

잠깐, 잠깐만 생각을 더 해보기로 하자.

일반 에너지처럼, '영혼 총량 불변의 법칙'이라는 가설은 어떨까? 만약 이게 사실이라면 풀과 나무, 물고기, 새, 여우, 인간들까지 포함해서 세상에는 일정한 수의 영혼이 존재한다고 볼 수 있다. 그러니 여우 한 마리가 죽는다면 물총새 한 마리가 영혼을 새로 얻는다고 봐야 한다.

인간이 태어났다면 어딘가 숲에 깃들어 살던 솔개나 바닷속을 헤엄치던 고래 한 마리가 틀림없이 죽어서 영혼을 반납한 것이라고 믿어야 한다.

그러므로 이난영도, 아까 상여에 실려 간 누군가도, 송아리네 아빠나 우리 엄마도, 우리 아이들의 넋까지 모두 어딘가 다른 육신으로 옮겨갔다. 내가 믿기 시작한 게 바로 그것이다. 그래서 나는 앞에서 이미 밝혀두었다.

하나가 죽은 자리에서 새로운 생명이 움튼다고, 이보다

신비스러운 일은 하늘 아래 또 없다고, 이 사실을 꼭 기억해 두었으면 한다고….

다만 누구든지 아무리 박식하다 한들, 영혼이 어디로 옮겨가고 또 누구의 몸에 달라붙었는지 끝내 행방을 찾아낼 수는 없다. 먼 히말라야산맥 속 어느 나라에서는 그걸 밝혀낸다는 소문이 간혹 들려오기도 하지만….

24

랑을 사랑했다고 장담할 수 있다. 그 애는 정말이지 내게 소중했다. 랑 말고는 사랑할 만한 대상이 따로 없지 않았느냐고 묻는다면 할 말이 없다. 그만큼 수상한 시절이었고, 암울한 세상이긴 했다.

송아리네 헛간을 내 발로 다시 찾아간 건 그렇고 그런 울적함 때문이었다. 그새 세월이 흘러갔고, 아리는 이미 중학교 졸업을 앞두고 있었다.

"네가 호구나! 난 유리란다."

나를 보자마자 아리는 눈시울만 붉혔고, 그 애네 언니 송유리는 두 눈을 반짝 빛냈다. 그 애들의 엄마까지, 세 식구를 다 만난 건 처음이었다.

"말을 알아듣겠지?"

유리가 동생 아리를 향해 물었다.

"언니, 하물며 개나 고양이도 사람 말을 다 알아듣는데 그게 무슨 소리야? 우리 인간들이 여우 말을 못 들을 뿐이지. 엄마는 왜 또 빨래방망이를 들고 계세요? 어서 내려놓으세요. 어서요."

그사이 유리가 내 앞으로 한 발 더 다가섰다.

"너, 그러는 게 아니다. 동생만 가까이 하고 나한테는 코빼기도 보여주지 않고, 널 만나면 하고 싶은 얘기가 많았는데 말이야."

"가만있어 봐, 언니! 호 너, 많이 야위었구나? 가지 말고 기다리고 있어. 내가 먹을 걸 좀 챙겨 올게. 응?"

아리가 총총걸음으로 헛간을 나갔다.

"너, 나랑 장사 한번 해보지 않을래?"

유리 얘기는 엉뚱했다. 뭐든 거침이 없고 시원시원한 성격이었다. 동생 아리가 백여우라면 언니에게는 불여우라는 별명을 하나 선사해도 무방할 듯싶었다. 불여우의 진면목이 처음 나를 만나는 순간부터 여실히 드러났다.

"고슴도치 하나를 앞세워서 고약 팔러 다니는 사람을 본 적이 있거든. 그 별것 아닌 밤송이 같은 가시뭉치도 인기가 아주 많던데, 너랑 함께 다니면 대박이 날 거야. 어때? 우리 엄마 목포댁이 만든 엿이 최고니까 겨울엔 엿을 팔고, 여름에는 아이스케키 팔고…."

"호호호…!"

참지 못하고 새어 나온 그 애 엄마의 웃음소리가 나를 안심시켰다. 나를 부르던, 죽은 우리 엄마 목소리를 듣는 듯했다.

"수수엿이든, 얼음과자든 너 먹고 싶은 대로 다 줄게. 어때, 듣고 있지?"

그때 랑의 얼굴이 스쳐 지나갔다. 나는 아니지만, 그 애라면 유리의 제안을 어떻게 받아들일까? 유리나 랑 모두 둘다 맹랑한 구석이 있다. 둘의 공통점 때문에 쉽게 어울릴 수도 있을 것 같았다.

— 우리 아빠는 폭력성과 도덕성을 둘 다 갖춘 분이었어. 사람으로 치자면, 의리를 갖춘 조폭이라고 해야 할까?

언젠가 랑이 했던 고백은 쉽게 지워지지 않았다. 물론 그런 얘기 때문에 내가 그 애를 멀리했던 건 아니다. 문제는 아이들을 사산해야 했던 그날 이후의 기나긴 단절이었으니까.

— 아빠는 이곳 삼백 리 안팎을 다스리는 우두머리였고, 나쁘게 말하면 그냥 건달이었어. 언젠가 때가 되면 우리 아빠는 승냥이 왕국의 모든 굴들을 다 뒤져보겠다고 늘 입버릇처럼 말씀하셨지. 그래서 끝없이 몸을 단련하고 주먹을

앞세우는 여우가 됐다고 했어.

— 너에게 아픈 얘기라면 하지 마, 랑.

— 아니야. 그럴 것도 없어. 아빠는 살쾡이와 맞장을 붙어서 살아남은 전설적인 여우였어. 너구리도 물리쳤고… 덕분에 우리는 왕족이 됐고, 난 공주가 된 셈이었지. 아빠 콧등의 흉한 상처만 보고도 다른 여시들은 슬슬 뒷걸음질을 치거나 먹을 걸 갖다 바쳤어.

아리가 고구마와 엿을 접시에 받쳐 들고 돌아왔다. 그새 야위었다는 아리의 말은 사실일까? 아마 확실히 그러고도 남았을 것 같다. 랑이나 나나 오랫동안 음식 맛을 느낄 수 없었으니까.

"호야, 어서 먹어."

고소하고 단 냄새를 맡고 보니 이제 입맛이 돌아올 수도 있을 듯싶다. 하지만 나는 접시로 다가가지는 않았다.

"가만있어 봐, 아리야. 하던 얘기는 마저 끝내고… 호, 네가 서커스를 배워도 좋을 거야. 나랑 남사당 패거리에 함께 들어가도 좋고, 어때? 접시를 공중으로 던져주면 한 바퀴 돌면서 받아내는 재주쯤이야 지금도 부릴 수 있지?"

"언니!"

"도술 부리던 전우치 얘기는 너도 알겠지? 전우치 아저

씨는 여기서 멀지 않은 담양 출신인데, 도술을 여시한테 배
웠다더라. 너 혹시 여의주나 도술 책 같은 게 있으면 며칠만
좀 빌려줄래?"

"언니, 자꾸 시답잖은 얘기만 할 거야?"

"애, 서로 돕고 살 수 있다면 얼마나 좋니?"

유리 말이 일리가 있기는 하다. 허황된 도술이나 여의주
얘기 말고, 우리가 서로 돕고 사는 길은 없을까? 사람이 여
우를 돕고 여우가 사람을 돕는다. 그런 세상이 온다면 정말
좋겠다. 아리와 내가 조금씩 서로 돕기 시작한 것처럼.

유리가 전우치를 언급했는데, 그 애네 엄마가 들려줬다
던, 이난영의 노래 스승 여우는 과연 누구였을까 하는 의문
이 든다. 가수 남 선생도 전생에 여우였을까? 뭔가 몰라도
아귀가 들어맞는 것 같기는 하다.

터무니없긴 하지만 그녀가 우리 엄마, 바로 내 친엄마는
아니었을까…? 나 역시 젖먹이를 두고 홀연히 떠나야 했던
어느 생모의 자식이었다. 물론 그렇게 가서 돌아오지 않는
부모가 어디 한둘이랴. 그런데도 그 여우가 남겼다던 젖먹
이가 나였을지도 모른다는 억측은 좀체 가시지 않는다.

남 선생이 아니면 나일 거라는, 그래, 남이 아니면 분명
나다! 무슨 개똥철학에라도 사로잡힌 듯, 나 아니면 남이라
는 명제가 머릿속을 떠나지 않는다.

여우가 보리 때 보리 두 말, 쌀 때 쌀 한 말을 언급했다면 나중에 기필코 챙겨가고도 남았을 것 같다. 그건 내가 여시라서 잘 안다. 그래서 이난영 선생은 불과 마흔여덟 나이에 생을 마감했을지 모른다.

그렇다면, 여우가 받아 챙긴 건 무엇이었을까? 그게 혹시 인간의 수명, 곧 영혼은 아니었을까?

과연 그 여우는 이난영에게서 챙긴 학채를 어디에 썼을까? 만에 하나라도 그녀가 내 생모였다면 나라는 존재는 이 어지러운 관계 속에서 무엇일까?

무엇이 돼야 하는 걸까?

25

랑은 갈수록 말을 잃었다.

그토록 맹랑하고 당돌하던 모습은 어디에서도 찾아볼 수 없었다. 길을 걸을 때도 단단한 땅이 아니라 어딘가 자꾸 허방을 짚는 듯했다. 그리고 그 이상스러운 걸음은 그 애를 좀 더 비극적인, 다른 곳으로 가도록 이끌었다. 그 애가 덫에 걸린 것이다.

그날은 따오기가, 따오기답지 않게 해 질 녘이 아니라 밤에 울었다. 구렁이가 따오기 새끼들을 노리고 있었는지도 모른다. 따오기도, 그리고 구렁이까지도 우리 여우들처럼 빠르게 사라져 갔다.

— 오지 마. 네가 와서 될 일도 아니야.

울음소리를 듣고 달려온 나에게 랑이 한 말이었다. 가까이 다가가서 살펴보니 철사 덫이 앞 발목을 이미 깊게 파고든 상태였다. 얼마나 몸부림을 쳤는지 피 칠갑을 한 그 애 발목이 덜렁거리는 게 보였다. 뼈가 부러졌다는 증거였다.

어떻게 해야 할까?

의외로 침착한 나 자신에게 놀랄 지경이었다. 랑이 죽을지도 모른다는 생각은 아예 들지 않았다. 왜 그런지 몰라도 올 것이 마침내 온 것일 뿐이라는 엉뚱하고도 멍청한 느낌 때문이었을 수도 있다.

아리를 불러와야 할까? 그 애는 자고 있지 않을까? 아리를 불러오는 동안 덫꾼이 나타나지나 않을까? 만약 그렇게 된다면 랑의 목숨을 구하지 못한다.

— 아파도 조금만 참아, 랑.

나는 덫에 걸린 랑의 발목의 철사를 물어뜯기 시작했다. 그 애가 비명을 삼키며 나를 밀쳐냈다.

— 저리 비켜! 쓸데없는 짓 하지 마. 나는 곧 죽게 될 거야. 아무 소용 없어.

— 아니야. 넌 죽지 않아. 널 죽게 놔두지 않을 거야.

— 미안해. 너를 혼자 남겨두고 떠나는 게….

— 미안하면 우선 살고 보자. 살아서 우리가 다시 사랑하자. 산다는 건 어쩌면 사랑하는 일일 거야. 알겠어?

발목을 둘러싸고 있는 랑의 살가죽은 몹시 질겼다. 덫에 걸린 짐승들이 끝내 빠져나오지 못하는 이유를 알 것 같았다.

— 아빠가, 우리 아빠가 들려준 얘기는….

고통을 참는 방법을 찾아냈는지, 랑이 오랫동안 막아두었던 말의 수문을 열기 시작했다. 말 그대로 봇물이 터지듯 했다. 이유가 어찌 됐든 다행이라는 기분까지 들었다. 살이 곪고 있는 동안은 아픈 법이다. 그래서 아예 더 곪아서 터지는 게 낫다. 비참하기 그지없는 상황이 우리를 다시 가까이 만들어주고 있었다.

— 우리 먼 조상은 승냥이에게 부역을 한 적이 있대. 그래서 부역자 집안이라고 손가락질을 받곤 했다지. 늑대도 못되고 이리도 아닌 몹쓸 종자들, 그것들 승냥이 떼거리의 길 안내를 한 거였대. 승냥이들은 그 일을 '여우 사냥'이라고 불렀대.

조선의 국모를 '암 여우'라고 불렀으니까, 바로 조선의 황후를 사냥하는 일이었지. 모든 여우 사냥이 그렇듯, 아! 짐승만도 못한, 비열하고 잔인하기 짝이 없는 짓거리였대. 황후가 누구인지 알 수 없어서 비슷한 용모를 가진 여인들을 벗기고 가슴을 확인하더라는 거야. 이상하지 않아? 어떻게 가슴을 보고 황후를 확인해? 황후 가슴이 뭐, 남대문 현판이라도 돼? 아니었대. 왜 옷을 벗겼는지, 우리 집안에서만 알고 있는 비밀이 하나 있어.

 이제 발목을 싸고 있는 가죽은 모두 잘라지고 힘줄 하나
만 남았다. 랑은 오래 눈을 감고 있다가 힘겹게 다시 치뜨곤
했다. 가물거리는 의식을 필사적으로 붙들고 있는 게 분명
했다. 서둘러야 했지만 철사 줄을 실수로 베어 물었더니 내
왼쪽 송곳니가 몹시 시큰거렸다.
 — 우리 선조 집안은 대대로 마포 매봉산에 살았는데, 여
우 사냥이 벌어지던 날 승냥이들에게 길 안내를 했대. 그 대
가로 그들은 궁의 북쪽인 험준한 큰 산, 북악을 주겠다고 제
의했다고 들었어. 참 웃기지 않아? 자기들이 뭔데, 거기 멀
쩡히 있는 산을 여시한테 주고말고 해?
 어쨌든 길앞잡이 임무는 산 아래 공덕리 어떤 별장에 모
여 서대문 방향을 지나 인왕산 아랫길로 경복궁까지 몰래
잠입하는 길 안내였어. 그래서 남들이 모르는 비밀을 엿보
게 된 거야. 왜 옷을 벗겼는지 짐작이라도 돼? 아, 아주 오래
전, 전쟁에서 코를 베어 가고 귀를 잘라가던 승냥이들을 떠
올리면 아마 이해가 빠를 거야.
 그들은 둘러서서 가슴에서 베어낸 소꿉놀이용 솥뚜껑처
럼 납작한 두 개의 조각을 소금 통에 담아 넣더래. 우리 아
빠가, 승냥이 왕국을 전부 뒤져서라도 찾아내겠다고 한 건

165

바로 그거였어. 아빠는 그들의 왕실 보물창고를 의심하고 있다고 했어. 그들 스스로도 뭐가 나올지 두려워서 공개하지 못한다는 곳 말이야. 거기 얘기 혹시 들어봤어? 그리고 놈들은 술을 나눠마셨다고 했어. 그래, 그랬었대. 그때 사시미라는 말이 튀어나왔고….

놈들은 어린 궁녀의 몸에서 떼어낸 걸 우물거리며 씹다 말고 퉤 하고 뱉어내더래. 그다음에는 주검들을 한데 모아 불에 태워버렸지. 생각해 봐. 그냥 죽였으면 됐지, 바쁜 와중에 불까지 질러 소각해 주는 친절한 살인자들도 있어? 그건 그냥 흔적을 남기지 않으려는 수작에 지나지 않았던 거야. 우리 조상은 그 꼴을 보고 혼비백산해서 도망쳤지. 먹은 것들을 전부 토해내면서 말이야.[7]

결국 랑의 발목을 잘라내는 데 성공했다.

입안 가득히 고였던 랑의 피를 몇 번이나 뱉어냈는지 모르겠다. 그때부터 나는 두려워지기 시작했다. 피를 너무 쏟아서 죽게 되는 건 아닌지, 피가 모자라서 엉뚱한 얘기들을 밑도 끝도 없이 늘어놓는 건 아닌지….

---

[7] 연합뉴스 1994년 8월 21일자 보도에 따르면 궁녀들의 옷을 벗겨 누가 황후인지를 확인했다는 사실은 그들 자신의 기록에도 남아있다. 왕실 보물 창고는 '쇼쇼인正倉院'을 지칭하는데, 특별한 경우가 아니면 공개하지 않는 장소다. 그들이 황후의 가슴을 베어서 이곳으로 옮겨 보관하고 있으리라는 가설은 여우들만의 상상과 논리다.

— 랑, 이제 됐어. 헌데 피를 너무 많이 흘렸어. 내가 광대나물이라도 뜯어다가 지혈해 줄 테니까 우선 여기를 벗어나자. 여긴 너무 위험해.

내가 랑의 부러진 발을 부축했지만 그 애는 심하게 절뚝거렸다. 그리고 그 애가 절뚝거리는 만큼 나는 끝없이 후회하고 자책했다. 이 모든 게 나 때문이다. 나 때문이야. 내가 바로 죽일 놈이지, 하면서.

— 인간들이나 우리 여시들이나 똑같아. 조선의 땅에서 나는 것들은, 하나 같이 모두 불쌍해서, 생각할수록 눈물이 나. 쑥도 마을도, 진달래꽃까지도 다들 불쌍해⋯ 너무 불쌍해.

랑이 절뚝거리며 울었다. 모두가 불쌍해서 그런다고 변명했지만 발목의 통증 때문인지도 모른다. 나도 함께 울었다. 나는 후회 때문에, 뒤늦게 회상되는 랑의 얘기 때문에 그랬다.

— 아빠는 그러셨어. 주먹이란 무상한 것이라고, 그냥 손이 펴지는 순간 아무것도 아니라고⋯ 나는 여전히 왜 그런 말씀을 하셨는지 모르겠어. 혹시 주먹으로 복수하는 일은 일정한 한계를 가질 수밖에 없다는 속성을 아셨기 때문일까? 주먹으로는 승냥이에게 끝내 복수할 수는 없다는? 아, 그런데 내 머릿속이 자꾸 하얘지는 기분이야. 왜 그러지?

내가 랑을 데려간 곳은 아리네 헛간이었다. 경황이 없는 중에 내가 왜 그런 결정을 내렸는지 지금도 대견스럽다. 재빨리 결정을 내리지 못하고 끝없이 의심하고 또 우유부단하다고, 인간들이 우리 여시들을 비난하곤 하는데 말이다.

랑을 아리네 집으로 이끈 건 정말이지 잘한 일이었다. 나는 그 일을 두고 결코 후회하지 않는다. 어쨌든 랑의 목숨을 구할 수 있었으니까.

26

아리네 헛간 보금자리는 오랜 세월 그대로였다. 해마다 새 볏짚이 깔릴 뿐, 내가 처음 기어들어 왔을 때 느꼈던 아늑함은 조금도 사라지지 않았다. 아리네 가족의 배려가 눈물겹도록 와 닿았다. 랑은 그곳에 이르자마자 의식을 잃었다. 그 애를 눕히고 나서 나는 아리 방 앞으로 가서 컹컹, 하고 낮게 짖었다.

"아니, 이 밤중에 어쩐 일이니?"

그냥 말없이 헛간으로 향했다. 아리가 호롱불을 밝히고 나를 따라왔다.

"이게 누구야? 네 여자 친구니? 저런! 덫에 걸렸던 모양이구나. 그치?"

랑의 논리를 인용하자면, 여자 친구라는 존재도 이 땅에서는 불쌍하고 가엾어진다. 아무리 부부라고 해도 우리들 여시를 두고 인간들은 그저 여자 친구라고 칭하고 만다. 내 눈에서 까닭 모를 눈물방울이 솟아났다.

"안 되겠다. 엄마를 불러와야겠어. 걱정 말고 좀 기다리고 있어."

방마다 불이 켜지고, 은밀하면서도 부산한 발걸음 소리가 들려왔다. 이번에는 창호 문을 뚫고 나오는 따뜻한 불빛들이 불쌍하고 서럽게 여겨진다. 랑의 말이 틀림없었다.

"몹쓸 인간들!"

아리 엄마가 신음처럼 한마디 말을 뱉어냈다. 그러고는 덜덜 떨리는 손으로 랑의 발목을 소독하고 뭔가 다른 연고를 발랐다.

"설마, 죽은 건 아니겠지?"

잠결에 부스스해진 머리를 하고 멀찍이 물러나 있던 유리가 물었다.

"아직 몸이 따뜻한 걸 보니 염려하지 않아도 될 것 같다. 유리야, 숭늉 남은 게 부엌에 있을 거다. 그걸 좀 담아오고, 설탕이랑 소금도 한 주먹 들고 오거라."

유리가 빠른 걸음으로 안채를 향해 나갔다. 헛간 구석에서는 그쳤던 풀벌레 울음소리가 다시 이어졌다. 귀또르 귀또르! 놈들 울음소리만큼은 서럽게 들리지 않았다. 내가 비로소 마음이 놓였기 때문인지도 모른다.

"아리야, 너는 발목에 붕대를 감아줄 수 있지? 배웠지? 난 이거 원, 손이 떨려서…."

"나도 어떻게, 어떻게? 정말 어떻게?"

아리는 덜덜 떨면서 랑의 발목을 칭칭 동여맸다. 흰 붕대 천 사이로 붉은 핏물이 조금 배어 나왔다. 그 애 작은 이마에서는 땀이 흘렀다. 그래도 아리는 정성을 다했다. 나는 눈도 떼지 않은 채 아리 손놀림 하나하나를 다 지켜보았다. 나중에는 나 혼자서도 할 수 있을 만큼… 아리의 그때 그 모습은 내 머리에, 그리고 가슴에 아주 오래 남았다.

유리가 떠온 숭늉에 그 애들 엄마는 설탕과 소금 한 꼬집을 넣어 녹였다. 그러고는 새끼손가락을 넣어 맛을 본 뒤 다시 소금 알갱이 몇 알을 더 넣었다.

"아리 네가 이걸 조금씩 입안에 흘려 넣어 줄래? 나도 이게 좋을지 어떨지는 모르겠다만, 피를 많이 흘렸을 테니까 도움은 될 거야. 전쟁 중에 마을 어른들이 그러시더라."

아리가 제 엄마를 흉내 내어 새끼손가락으로 먼저 맛을 보았다. 나는 안다. 그 애가 나를 안심시키려고 괜한 짓을 하고 있다는 것을.

"어디, 천 조각을 좀 적셔서 물리고 있으면 더 좋을 텐

171

데…."

망설이는 기색도 없이 아리가 이를 악물어 제 몸에 걸치고 있던 치마 한 귀를 찢었다. 검은 무명베 찢어지는 소리가 메추라기가 놀라 푸드덕 날아오르는 비명 같았다. 어디, 다른 집 빨랫줄에 널린 새 치마 한 벌이라도 훔쳐다 그 애에게 선물해 줄까?

"너무 걱정하지 마, 너도 좀 쉬고… 많이 놀랐지?"

마지막으로 아리는 내 머리를 한 번 쓰다듬었다. 그 애의 손이 축축했다. 그리고 가족들은 모두 방으로 돌아갔고, 잠시 후에는 불도 다 꺼졌다. 우리를 쉬게 하려는 의도였다. 하지만 나는 그날 밤 잠들지 않고 랑을 지켰다. 그 애는 가끔 아주 미세하게 몸을 뒤척거렸고 들릴락 말락 앓는 소리를 냈다. 삶과 죽음의 경계, 그 울타리 아래였다.

새벽 먼동이 트기 전, 나는 산으로 돌아왔다. 산에서는 바람이 몹시 사납게 불었다. 다도해도 괴로운 듯 미쳐 날뛰었다. 마을 뒤쪽의 대나무 숲은 뼈마디를 꺾어가면서까지 울었다. 가을 태풍이었다.

혼자 굴속에 웅크린 채 나는 지난 일들을 돌이켜보고, 랑이 했던 말들을 떠올렸다. 하지만 굴 입구의 바위벽을 때리는 바람소리 때문에 한 생각도 골몰할 수는 없었다. 랑은 장차 어떻게 될까?

밤이 오고 나서야 나는 다시 마을로 내려갔다. 랑은 헛간에 없었다. 그 애가 남긴 피 냄새와 그 애가 흘린 피로 젖은 볏짚 덤불뿐이었다. 나는 거기에 코를 부비면서 이제 장차 쏟아져 나올 내 울음을 기다렸다. 내 몸이, 그리고 내 눈두덩이 눈물을 끌어모으고 있는 걸 분명히 느낄 수 있었다.

"호야, 걱정하지 마. 그 애는 목포 동물병원으로 옮겼어. 자꾸 까무러치는 걸 그냥 두고 볼 수는 없더라. 수의사 선생님도 만약 병원으로 제때 오지 않았더라면 큰일 날 뻔했다고 말씀하시더라고. 너한테 알릴 겨를도 없이 우리 식구들이 결정한 거야."

아리가 다가와서 막 퍼붓기 직전의 내 눈물 둑을 막았다. 나는 어리둥절해서 잠자코 서있었는데 미처 제어하지 못한 눈물 한 방울이 떨어지고 말았다.

"괜찮아. 안심해도 돼. 수의사 선생님도 고비는 넘겼다고 말씀하셨으니까."

유리까지 다가와서 나를 위로했다. 그러고는 한 마디를 덧붙였다.

"어때? 병원에 한번 가 볼래?"

유리가 또 엉뚱한 제안을 했다. 그 애의 눈이 뭔가 재미있는 일을 꾸미기라도 하듯 생글거렸다.

"병원 유리창 밖으로 얼굴을 볼 수도 있을 거야. 원장님께 잘 말씀드리면 만나볼 수도 있을 테고, 직접 가서 보는 게 좋지 않겠어?"

"언니, 어쩌려고 그래?"

"가만있어 봐, 그런데 거기까지 호를 어떻게 데려가지?"

처음에는 장난처럼 내뱉은 말이 유리 머릿속에서 빠르게 구체화되기 시작했다. 능히 그러고도 남을 아이였다.

"호까지 위험에 빠지고 말 거야, 언니."

"호가 얼마나 궁금하겠니? 호야, 그렇지? 아마 뭔가 좋은 수가 있을 거야. 홑이불로 호를 싸서 안고 갈까?"

그 일은 그렇게, 상상하지도 못한 방향으로 진행됐다. 나에게는 될 대로 되라는 식의, 자포자기 심정이 아주 없지는 않았다. 랑이 어떤 상태인지 직접 눈으로 확인해야 직성이 풀릴 터였다. 무엇보다 아리와 함께라면 두려울 게 없기도 했다.

27

　송유리의 고집은 누구도 꺾을 수 없었다. 아리는 물론이고 그 애들 엄마도 마찬가지였다. 나 역시 예외는 아니었다.

　유리가 수북하게 쌓인 엿 목판을 목에 걸고, 아리는 시늉뿐이기는 했지만 내 목에 줄을 매고 엿을 팔러 나갔던 일은 지금도 잊히지 않는다.

　아리네 집에서 동물병원까지, 그 십 리 길에 어른 아이 할 것 없이 구름처럼 구경꾼이 몰려들었다면 믿겠는가? 유리 말마따나 그야말로 대박이었다. 훗날 내 후손들은 어쩌면 목포 시내를 누비고 다닌 전설이라며 내 얘기를 입에 달고 살 일인지도 모르겠다. 하지만 아직까지는 내 후손은커녕 자식 하나도 없다.

처음에는 유리가 생각만큼 엿을 팔지는 못했다. 관심이 나한테만 쏠리는 바람에 유리는 개밥의 도토리처럼 인파에 밀려서 자주 뒤처지기도 했다.

생각지도 않은 다른 장사치들이 대박의 기쁨을 누렸다. 심드렁하게 리어카를 끌고 오던 다른 엿장수가 그중 하나였다. 그는 사람들이 가는 방향으로 그저 뒷전을 따라가며 가위를 철컥거렸을 뿐인데 얼마 지나지 않아 목판의 엿이 바닥났다. 또 한 사람은 떡 함지박을 머리에 이고 따라오던 아주머니였다. 그녀 역시 그저 함지박을 내려놓았을 뿐인데도 송편을 순식간에 팔아치우고 인절미와 가래떡, 절편마저 금세 동이 났다.

"울릉도 호박엿은 태풍 땀시 못 와불고라, 대신에 목포땍 쑤시엿이 왔당깨라!"

유리 입에서 걸쭉한 사투리가 쏟아졌다. 재주는 곰이, 아니 여우가 부리고 엿은 다른 사람이 파는 모습에 부아가 치민 게 분명했다. 누구라도 그랬을 게 뻔하다. 그 애는 잠깐 얼굴까지 붉어지기도 했지만 사투리를 싹 버리고 순식간에 말투까지 고쳤다.

"어절씨구 들어간다. 저절씨구 들어간다. 작년에 왔던 각설이가 죽지도 않고 또 왔네. 아 참, 작년에는 안 왔었네요.

이 엿이 무슨 엿이냐? 목포댁 깨엿과 수수엿인데 서울 양반들이 좋아해서 사족을 못 써요. 애, 칙간이 어디니? 하고 서울 구경 다녀온 내 친구들이 진짜로 들려준 얘기여요."

어디서 주워들었는지 각설이타령까지 곁들였다. 사춘기 소녀치고는 믿을 수 없을 만큼 당당했고 전혀 기가 죽지 않은 목소리였다. 오랜 세월 엿장수를 해온 사람들보다 관록이 더 있어 보였다. 엿을 팔러 나가자는 말이 결코 빈말이 아니었던 것이다.

"애 이름은 호인데, 재주 부리는 거 보고 싶으세요? 그런데 엿을 사주셔야 애가 재주를 부린답니다. 그렇지 않으면 절대로 몸을 움직이지 않아요. 절대로요. 그냥 갈까요?"

유리가 깨엿 한 토막을 나를 향해 높이 던졌다. 호야, 받아랏! 유리 말이 아니더라도 내 몸은 거의 반사적으로 반응했다.

"와아, 진짜다! 용수철 같다."

"우리도 여시 한 마리 잡으러 가자."

사람들은 저마다 박수를 치고 환호했다. 엿은 그때부터 날개 돋친 듯 팔려나갔다. 엿에게 날개가 돋아난다면 정말이지 우스울 것 같다. 그런 엿이 있다면 새엿이라고 불러야 할까? 어쨌거나 엿이 팔리게 된 건 구경꾼들이 조금이라도 내 곁으로 다가설 수 있는 기회를 얻기 위한 목적이었다고 여겨진다. 아무렴 상관은 없지만.

우리 셋은 병원 유리창을 등지고 각자 서거나 앉았다. 랑의 모습은 보이지 않았다. 내 눈치를 살피던 아리가 병원 안으로 들어갔다. 그리고 잠시 후, 수의사가 케이지에 담긴 랑을 출입문 쪽에 내려놓았다.

— 괜찮아, 랑?

— 오빠!

랑은 내 이름 대신 그렇게 불러놓고 더 이상 말을 잇지 못했다. 오빠라니, 그건 내가 세상에 태어나서 처음 듣는 말이었다. 그 흔한 동네 여동생 하나 없는 여우 세상이 돼버린지 이미 오래다.

— 견딜만해?

— 난 괜찮아, 오빠. 이제 더는 아프지도 않고.

— 사람들이 잘 대해주니?

— 응! 사람들이 아침마다 내게 잘 잤느냐고 안부를 묻고, 식사를 차려줘. 내가 싫어하는 음식은 다시 내놓는 법도 없지. 내가 공주라도 된 것 같아. 그러니 걱정하지 마.

실제로 랑은 안정된 상태였고 좋아 보였다. 그렇지만 랑의 말투는 왠지 몸이 다 낫는다고 하더라도 우리들 야생의 세계로는 돌아올 것 같지 않다는 느낌을 주었다. 인간들의 표현을 빌리자면, 이미 바람이 나버리고 만 듯이….

붕대로 꽁꽁 싸맨 그 애의 발목이 새삼스럽게 내 눈을 아프게 찔러댔다. 나는 그 애 발목에 코를 대고 냄새를 맡아보았다. 알싸한 소독약 냄새가 싸늘하고 짙게 풍겼다.

— 다 나으면 함께 돌아갈 수 있겠지?

내가 물었다. 나로서도 확신할 수 없는 질문이었다. 간절히 바라는 일일수록 확인하면 절대로 안 되는 일들이 있다. 내가 성급하게도 그런 불문율을 깨버린 셈이었다.

— 글쎄 머….

그때, 우리가 전혀 예측하지 못한 일이 벌어졌다. 누군가가 파출소에 신고라도 했는지 순경 둘이서 호루라기를 불며 나타났다.

"야생동물까지 끌고 와서 이게 뭐 하는 짓들이냐?"

"얘는 아주 순해요."

유리가 변명을 하는 사이 아리는 나를 감고 있던 목줄을 살그머니 풀었다. 꼼짝 못 하고 잡혀갈 수 있는 상황이었다.

"안 된다. 이건 불법이란다. 우리랑 같이 가줘야겠다."

그 순간 아리가 내 엉덩이를 찰싹 때렸다.

"어서 도망쳐, 뒤돌아보지 말고!"

마치 선불 맞은 노루처럼, 나는 힘차게 뒷발을 모둠발로 하고 뛰쳐나갔다.

등 뒤에서 오빠, 하고 외치는 랑의 목소리가 들렸다. 내가 달려가는 쪽에 무리 지어 있던 사람들이 일시에 길을 내듯 양편으로 쫘악 갈라섰다. 대나무가 쪼개지듯.

한길과 골목길을 가리지 않고, 나는 승달산 방향으로 내달렸다. 숨이 턱까지 차올랐다. 봄날 하루 낮잠에 스며든 허무맹랑한 꿈이 분명했다. 그래서 나는 멈추지 않고 현실을 달렸다. 어느 동네에서는 서너 마리 개들이 모여 산 밑까지 나를 추격했다. 그까짓 아둔한 녀석들을 따돌리는 일은 식은 죽 먹기였다. 놈들은 금방 내 몸의 냄새를 놓치고 갈팡질팡했다.

굴속에 엎드려 가쁜 숨을 고르고 있자니 웃음이 절로 새어 나왔다. '가시뭉치' 대신 엿장수를 따라다니면서 얻어먹은 것이라곤 기껏 엿 토막 몇 개에 지나지 않았다. 그렇지만 내가 되레 엿 목판을 다 주고도 꿈조차 꾸지 못할 일을 경험했다.

아리나 유리에게 무슨 일이나 생기지 않았으면 좋겠다. 굳이 강조하자면, 우리는 그저 서로 도왔을 뿐이니까.

28

"괜찮아, 호야. 그 멍충이 순경들은 적당히 구슬려 놨어. 엄마가 깨엿 한 상자를 들고 가서 잘 설명해 주었거든. 언니 표현대로 우리 엄마 목포댁 엿은 누구든지 녹이고도 남지. 엿이 녹으면서 사람까지 녹이는 거야."

랑의 회복을 기다리면서 소란이 좀 가라앉은 뒤 나는 두어 번 아리네 집을 찾아갔다. 소식을 듣기 위해서였다. 랑은 그날 이후 갑자기 유명세를 탔다고 한다. 소문을 듣고 랑을 보러 동물병원에 찾아오는 사람들만 해도 부지기수라고 했다. 자신에게 쏟아지는 관심을 즐기는 편인 랑에게는 다행일지도 모르겠다. 나에게는 남의 이목이나 관심이란 게 늘 부담스럽지만.

"가수 선생님한테서 오늘 우리 언니가 처음 답장을 받았어. 들려줄까? 아니다. 먼저 보냈던 팬레터를 읽어줄게. 내가 대신 써줬거든."

그게 무슨 일이라고, 아리까지 이토록 들떠있는 걸까? 나에게는 도통 흥미를 느낄 수 없는 일인데 말이다. 누군가 다른 사람에게 관심을 갖고 또 소통을 하려는 마음, 그게 인간들의 속성인 걸까? 아주 가까운 이들은 아니더라도 일단 모르는 대상에게는 내가 늘 의심부터 하려고 드는 것보다는 그게 나은 일일까?

"존경하는 남 선생님께… 시작은 이렇게 썼어. 매번 그렇게 시작하지. 다는 말고 간추려서 읽을 테니까 들어봐."

그때 문득, 랑을 불구로 만든 덫꾼 얼굴이 떠올랐다. 그는 랑의 부러져나간 발목을 들고 마을에서 자랑하더라고 했다. 물어 죽여도 시원치 않을 인간이지만, 물어뜯는 일 말고 뭔가 작게나마 복수를 하고 싶었다. 적어도 경고는 한 번쯤 해야 마땅하다는 생각이 들었다.

"저에게는 꿈이 있습니다. 선생님처럼 가수가 되려는 꿈은 아닙니다. 아무리 노래를 잘 부르고 싶어도 저는 꿩의 목을 타고난 것 같거든요. 아시죠? 성대 어딘가가 두꺼워서 맑은소리로 노래하고 싶은 마음은 굴뚝같아도 그저 꿩꿩, 경음이 먼저 튀어나오는 꿩 말이에요. 그렇다고 저한테 노래를 가르쳐 줄 여우도 없답니다."

내가 아리에게 꿩은 콩콩 울고 싶어도 꿩꿩 운다는 얘기를 했던가? 전혀 그런 적이 없는데도 내가 들었던 대로 아리 역시 꿩 울음소리를 똑같이 들었다니! 가까운 이들끼리는 서로 가까워질 수밖에 없는 이유가 있는 것 같다. 어쨌거나 랑이 혹시 송유리에게 노래를 가르칠 수도 있을까? 하지만 아무리 점수를 많이 준다고 하더라도 유리가 가수 될 일은 없을 듯싶다. 스스로도 아니라고 했듯.

그대 노래하던 동산에 피던 꽃 지금도 기억하나요?
바람 불 때만 향기 뿜다가 이젠 나 혼자 남았죠.
더는 찾아오는 사람도 없어 피어도 핀 게 아니랍니다.
이름이 바람꽃이어요. 제 이름인 줄 짐작하나요?

"이렇게 시간이 날 때마다 노랫말을 짓곤 한답니다. 제목은 '바람꽃'으로 정했어요. 그러니 선생님께서 노래를 만들어 부르실 수 있을까요? 그냥 드릴게요. 작사 송유리… 그 이름 하나만 밝혀주시면 된답니다."

노랫말의 첫 대목은, 그 가수가 까까머리였던 때 유달산 기슭에서 노래 연습을 하던 시절을 가리키고 있었다. 우리 여우들만 알고 있는 줄 알았는데 아리랑 유리도 벌써부터 소문을 들어 다 알고 있었던 모양이다.

노래라면 평보다도 자신 없는 내가 이 노랫말을 평가해도 괜찮을까? 주제넘는 소리로 들릴지 모르지만, 이건 한 마디로 번지수가 틀렸다. 내 첫 느낌이 그랬다. 적어도 그 정도는 나도 알 것 같았다.

남 씨 성 가수와 더불어 나라 안에서 쌍벽을 이루는 가수가 또 하나 있다. 나 씨 성 가수였다. 둘이 사전에 약속이라도 한 듯, 하나는 '나'고 다른 하나는 '남'이다. 마치 세상의 모든 관계는 나와 남 사이 일인 것처럼….

나에게 저쪽은 남이다. 저쪽에게도 내가 남일 것이다. 두 가수는 그렇게 대척점에 서서 대결했고, 둘 다 최고가 됐다. 쌍벽이었다.

나와 남…? 어느 대목에선가 내가 이미 했던 얘기인 것 같기는 한데, 하여튼 그렇다. 둘의 성씨를 굳이 영어로 옮기면 아이(I)와 유(YOU)다. 나와 남은 그렇게 세상의 쌍벽이 된다. 으뜸이 되는 세상 모든 보석은 하나만 존재하는 게 아니다. 반드시 둘이 쌍을 이루는 법이다. 남자와 여자가 있듯, 음양이 각각 있어야 한다. 하나만 있는 것처럼 보인다면 그건 아직 찾아내지 못했기 때문이다. 어딘가에 파묻혀 있을 뿐이다.

내 깜냥엔 그 노랫말은 남 씨가 아니라 나 씨에게 보냈어야 한다고 믿는다. 두 가수는 정말이지 음양 관계만큼이나 서로가 다르다. 하나는 나라의 서남방 끝에서 자랐고, 또 하나는 동남방 끝 출신이다. 출신 배경도 완전히 달랐다. 둘다 가수가 되기 위해서 서울로 상경한 건 맞지만 부르는 노래 역시 서로 달랐다.

한 가수는 서울에서 고향을 그리워하는 노래만 불러 고향을 떠난 이들의 향수를 대변했다. 또 한 가수는 서울에 살면서도 보다 도시적인 어떤 것들을 꿈꾸었다. 그러니 아리가 썼다는 노랫말은 누구에게 보내져야 했겠는가?

"가수 선생님한테 온 답장은 언니가 들고 학교에 갔어. 친구들에게 자랑하려고, 아마 지금쯤은 서로 돌려 읽느라고 종이가 다 헤졌을지도 모르겠다. 하지만 길지 않아서 내가 외우고 있거든. 들어봐."

아리에게 내가 믿는 바를 얘기할까 하다가 나는 그냥 침묵하기로 했다. 이미 엎질러진 물이었다. 설사 노랫말을 다시 다른 가수에게 보내어 노래로 탄생한다고 해도 큰 사달이 날 게 뻔했다. 그들 두 가수는 우리들 여시의 눈에는 물과 기름처럼 서로 양립할 수 없는 존재였다. 음양의 조화로 탄생한 게 아닌, 이를테면 수컷들만의 쌍벽이었던 셈이다.

"호, 너는 왜 뚱하고 있어? 편지 얘기가 재미없어?"

때마침 꿀벌 한 마리가 내 코 주변을 왱왱거렸다. 나는 고개를 가로저어 놈을 쫓았다.

"유리 양에게… 이렇게 시작했어. 보내주신 편지는 항상 고맙게 받아 읽고 있습니다. 특히 내 고향 소식을 이따금 전해주셔서 정말 감사드립니다. 제가 노래할 수 있는 힘의 원천은 유리 양과 같은 분들의 성원이랍니다. 고맙습니다. 답장은 그렇게 끝났어. 그리고…."

아리 말이 채 끝나기도 전에 내 입에서 하마터면 에계계, 하는 말이 새어 나올 뻔했다. 여자아이들이 즐겨 쓰는 그런 표현 말이다. 그건 누구나 받을 수 있는 내용에 지나지 않았다. 그 정도는 나도 알고 있다. 내가 가수들 답장을 이미 몇 번 받아봐서 아는 건 아니다. 그런 건 문맥 하나만으로도 짐작이 되는 상식이다.

"그리고 추신이라는 표시와 함께 이런 말이 적혀 있어. 보내주신 노래 가사는 우리 매니저와 함께 충분히 검토하도록 하겠습니다. 이 역시 감사드립니다. 끝."

어쨌든 연락이 닿을 수 있었다니 축하해 주고 싶은 마음이다. 그게 인간들이 자랑할 수 있고, 또 살아가는 목적이기도 하다면….

"언니는 추신을 읽자마자 결심했대. 자기도 매니저라는 직업이 새 꿈이 됐다고…."

그 역시 축하할 일이다.

인간들과 우리 짐승을 가르는 기준은 그런 꿈이 있고 없고의 차이라는 생각이 문득 든다. 그러니 만약 그런 게 없다면 짐승만도 못하다고 할 수 있다. 인간들의 끝없는 꿈이 부러워서 나는 아리랑 유리를 축하한다. 축하하고 있다.

29

랑이 임신했을 때처럼, 하늘에 뜬 달이 반달을 넘어 도도
록하게 부풀어 올랐다.

기회는 제때 찾아왔다. 나는 숲 덤불에 몸을 숨기고 덫꾼
이 다가오기를 기다렸다.

저녁 어스름이 깔릴 즈음 다른 사람들의 이목을 피해 산
으로 오르는 사내를 발견했던 것이다.

"저 푸른 초원 위에 구름 같은 집을 짓고…."

사내는 유행가를 흥얼거리며 산을 내려오고 있었다. 이
푸른 초원 위에 살고 있는 우리 짐승들을 마구 잡아서 구름
같은 집을 새로 짓겠다는 뜻처럼 들렸다. 하지만 어둠이 무
서웠거나 아니면 자신이 하는 짓을 스스로도 두려워하고 있

는 게 분명했다.

— 노래는 결코 너처럼 부르라고 만들어진 게 아니니라. 하여튼 너는 나한테 불안한 네 심리를 들키고 말았다!

나는 혼잣말을 삼켰다. 들고 온 막대기를 그가 허공에 대고 휘휘 내저었다. 사내의 심장은 아마 어스름한 달밤에 바짝 긴장해서 바람 빠진 공처럼 쭈그러들었으리라. 나도 물론 뛰는 가슴을 쉽게 진정할 수는 없었다.

호랑이는 여우를 사냥하고, 여우는 토끼를 사냥한다. 그리고 인간들은 그 모든 동물을 사냥한다. 그러니 우리들 여우가 토끼를 사냥하면서 인간의 사냥 행위를 비난할 수 있는 걸까? 나는 적어도 이 정도쯤은 생각하면서 살아가는 동물이다. 나도 생각한다. 생각으로 존재한다. 똥 묻은 개가 겨 묻은 개를 나무랄 수는 없다. 하지만 지금껏 내가 들어왔던 인간의 여우 사냥은 해도 해도 너무 하는 짓들이다.

어릴 때 기억 하나가 난데없는 바람처럼 나를 스치고 지나갔다.

어설프게 댓가지를 휘어 만든 활과 화살로 우리들 여시나 토끼, 꿩을 노리는 사람들이 있다. 어설프긴 하지만 재수가 없다 보면 그깟 장난감에도 당하는 무리가 있다. 그보다 어처구니없는 경우는 나뭇가지 새총에 공격당하는 일이다.

새총에 손톱만 한 돌을 재어 쏘는데 나도 소싯적에 왼쪽 어깨를 맞았다. 아픈 것도 아픈 것이었지만 통증이 완전히 사라질 때까지 불쾌한 느낌이 사라지지 않았다. 이상하리만치 불쾌했다. 하지만 그 모든 사냥 중에 가장 견디기 힘든 모멸감은 덫에 걸렸을 때 찾아온다. 억울하고도 분하다. 모든 짐승들이 다들 그렇게 얘기했다.

사내가 내 앞을 지나치는 순간 나는 시누대 줄기를 잡아거칠게 흔들었다. 날카로운 이파리 톱니들이 서로 부딪쳐왁자한 소리를 냈다. 사내가 흠칫 놀라며 뒤를 돌아보았다. 모르면 몰라도 신경이 곤두섰을 게 틀림없다.

— 우선은 조금만 놀라시게!

익살스러운 장난을 걸어보는 기분이었다. 대수로운 일이 아니라고 안심한 듯 사내가 다시 발걸음을 옮겼다. 나는 바로 그의 뒤까지 근접해서 휙 하는 소리를 냈다가 길가 도랑에 납작하게 몸을 숨겼다. 작전은 크게 성공했다. 사내는 엉덩방아를 찧으며 넘어졌다.

"오매, 씨부랄! 누, 누?"

사내 음성은 떨려서 제대로 발설되지도 않았다. 나는 아주 고소해져서 킥킥 웃음이 나올 지경이었다. 그는 주변을 살필 엄두도 내지 못하고 있었다. 어스름한 달밤은 만물의 형상들을 일그러뜨린다. 그래서 눈을 뜨면 뜰수록 공포가 엄습하는 법이다.

— 그러니 제발 그 몹쓸 짓은 이제 그만 멈추어라.

큰 소리로 호통이라도 치고 싶었지만 입을 열지는 않았다. 누군지 존재를 드러내 버리면 공포심은 반감되기 때문이다. 이제 마지막 일격이 남았다.

랑은 지금쯤 어떻게 지내고 있을까?

동물병원에서 그 애는 비교적 편안한 모습이었다. 사람들을 가까이하는 일은 나보다도 그 애 적성에 더 맞는 게 틀림없었다. 발목이 부러지지 않은 채 사람들과 어울렸더라면 얼마나 좋았을까? 한쪽 발목이 없는 여우인데도 사람들은 그 애를 너그럽게 사랑해 줄까? 랑을 생각할수록 사내가 미웠다.

사내가 다시 발걸음을 옮기자 나는 멀리 길을 에돌아 그의 앞에 잠복했다. 미리 봐두었던 장소였다. 경사가 급한 작은 낭떠러지가 거기 있었다.

처음에는 다짜고짜 사내를 급습할 작전을 세웠다. 마을 한가운데서든 어디서든 갑자기 달려들어 그의 살점을 물어뜯고는 줄행랑을 놓을까도 생각했다. 이솝에게 따지려고 떠났던 여우 특공대처럼… 하지만 치료를 마친 사내는 아마 복수심으로 더욱 미친 듯 날뛸 게 분명했다. 방귀 뀐 놈이 오히려 성내는 경우는 얼마든지 많다. 특히 인간들이라면.

어떤 너구리 사냥꾼이 실제로 그랬다. 너구리굴을 발견한 그는 나뭇잎을 모아 불을 붙여 연기를 피웠다. 아이들까지 다 아는 너구리 사냥 방식이었다. 그런데 굴에서 나온 너구리가 그냥 죽자 사자 내빼면 그만이었는데 녀석은 죽은 체하고 있었던 모양이다. 물론 연기에 질식해서 달아날 형편이 못 됐는지도 모르겠다. 그리고 방심했던 사냥꾼이 접근하는 순간 너구리가 그의 발목을 물어뜯었다. 문제는 그다음이었다. 너구리에게 물려 고생했던 사냥꾼은 이루 말할 수 없이 포악해지고 말았다. 그날 이후로 그는 개를 데리고 다니면서 온 산의 너구리들을 닥치는 대로 잡아 죽였다.

너구리들은 우리 여시보다 형편없이 둔하고, 너구리 털은 그저 개털 정도로 취급받는 게 사실이다. 그래도 생명은 생명이다. 그때 무지막지하게 희생된 너구리들은 나하고도 비교적 가까운 애들이었다.

내가 덫꾼 사내를 향해 복수심에 불이 붙어서 이성을 잃은 거 아니냐는 오해는 하지 말았으면 한다. 돼먹지 않은 구미호 전설이라면 몰라도 사람에게 복수를 일삼던 여우는 세상에 없다.

나 역시 그를 놀라게 하고, 놀라서 덫을 놓는 일 따위는 이참에 포기하도록 만들고 싶었을 뿐이다. 덫꾼 사내는 덜 덜 떨면서 내가 숨어 있는 길까지 다가왔다.

　─ 이번에는 제대로 놀라야 한다. 간이 떨어질 만큼….

　하나 둘 셋! 소나무 밑동을 뒷발로 차오르며 내가 사내의 눈앞으로 힘껏 날아올랐다. 내 꼬리가 사내의 이마를 스칠 만큼 가까운 거리였다. 아무렇게나 굴러 떨어지지 않도록 나는 최선을 다해 착지를 하려고 했지만 생각만큼 쉬운 일은 아니었다.

　"어이쿠!"

　사내가 짧은 비명과 함께 내 반대편으로 굴렀다. 나는 왼쪽 어깨를 조금 다쳤다. 보나 마나 사내는 나보다 더 다쳤을 것이다. 네 발 달린 짐승과 두 발뿐인 짐승의 차이는 그런 데서 나뉘게 된다. 직립보행의 결과가 바로 그런 차이를 낳는다. 사내가 제발 그 작은 차이를 이해하기를 바란다.

30

"호야, 두 가지 소식이 있어. 어떤 것부터 들을래?"

좋은 소식만 두 가지인지 나쁜 소식이 그런 것인지, 아니면 반반인지 아무런 힌트도 주지 않은 채 아리가 물었다. 만약 반반이라면 인간들은 어느 쪽 소식을 먼저 듣고 싶어 할까? 모르면 몰라도 그것도 아마 반반으로 나뉘게 될 것 같다. 어느 쪽이든 크게 문제되지는 않기 때문이다. 하지만 우리 여시들은 다르다. 반드시 나쁜 소식을 먼저 듣고자 원한다. 성격이 비뚤어져서가 아니다. 상황이 위험하다 싶으면 재빨리 도망부터 쳐야 한다.

다친 어깨 때문에 나는 한동안 두문불출하고 굴속에 틀어박혀 지냈다. 묘하게도 다친 부위는 전에 내가 새총에 맞았던 자리였다.

"덫꾼 삼촌이, 아니 아저씨가 며칠 전 죽었단다. 네 여자 친구 발목을 부러뜨린 아저씨 말이야."

나는 깜짝 놀랐다. 그건 나에게 나쁜 소식도, 그렇다고 좋은 소식도 아니었다. 맹세코 사람을 죽이려는 의도는 없었다. 이런 걸 두고 미필적 고의라고 했던가? 아니다. 내가 사내에게 명백히 위해를 가했으니까 명백한 살인이다.

"산에 갔다가 실족해서 넘어졌다더라. 머리를 좀 다쳤는데 그게 큰 문제는 아니라고 의사는 판정했단다. 병원에서도 곧 퇴원했지. 헌데 이상한 일이 벌어졌어."

귀를 막고 싶은 심정이었다면 믿을 사람들이 얼마나 될지 모르겠다. 뒤에서 부스럭거리는 소리를 좀 내고 말았더라면 하는 후회가 앞섰다. 물론 이미 죽었다니까 사내 입장에서 내게 복수할 일은 없으리라.

"퇴원하고 나서 이상한 얘기를 하기 시작하더래. 한낮에도 문을 꽁꽁 걸어 잠그고, 이불을 둘러쓴 채 끙끙 앓았는데… 호야, 너 왜 그래? 어디 아파?"

아리를 속일 수는 없다는 생각이 들었다. 나는 사실대로 고백하고 싶었다. 그러지 않으면 그 애에게 죄를 짓는 일이었다. 하지만 그새 쌓아둔 말들이 많은지 아리가 다급하게 입을 열었다.

"자기가 산에 갔다가, 글쎄, 구미호에게 홀렸다고 무서워

하더래. 꼬리가 아홉이나 돼서 하나로는 자기 다리를 감아 걸고, 하나로는 자기 눈을 가리고, 또 하나로는 자기 팔을 묶고, 머, 그러더라는 거야. 그게 믿어지니?"

그때 유리가 헛간으로 들어왔다.

"그래, 나도 들었어. 구미호에게 홀렸으니까 자기는 이제 죽을 일만 남았다고 사시나무 떨듯 하더란다. 식은땀도 바가지로 흘리고… 넌 상관없는 일이지?"

아리가 물었더라면 내가 실토했을지도 모른다. 비밀을 지켜 주리라고 확신하니까. 그렇지만 유리는 좀 다르다. 소문을 내고 다닐 게 뻔했다. 그리되면 문제는 아주 커지고 만다. 덫꾼은 가고 없어도 온 주민들이 들고 일어나고, 총을 든 순경들이 몰려들 게 불을 보듯 뻔하다. 그때 내가 나 자신을 어떻게 변호할 것인가?

그나저나 덫꾼 사내가 살았더라면 나는 꼼짝없이 구미호가 될 뻔했다. 내가 아는 한 구미호는 세상에 없다고 말했음에도 내가 바로 구미호 누명을 벗을 수는 없을 것이다. 세상에서 벌어지는 일들은 그렇게 엉뚱하게 풀리기도 한다.

남은 소식 하나가 무엇인지 몰라도 화제가 바뀌었으면 좋겠다. 비록 더 나쁜 소식일망정. 내 바람을 들어준 사람은 의외로 유리였다.

"네 여자 친구 말이야. 그 애는….”

이번에는 진짜 나쁜 소식이구나! 나는 직감했다. 소식이 두 개를 넘으면 나쁜 소식이 반드시 한자리를 차지한다.

"여자 친구 맞지? 그 애는 전주동물원으로 이송됐어. 전주에 있는 동물원 말이야.”

아리 같으면 그렇게 단칼에 소식을 전해주지는 않았을 것 같다. 하지만 유리는 유리답게 직설적으로 얘기했다. 랑을 두고 여자 친구라고 표현한 것도 좀 알미웠다. 달리 적당한 호칭이 떠오르는 것도 아니지만.

"한강 이남에서는 제일 큰 동물원이래. 안심해도 돼.”

아리가 나를 위로했다.

"네 여자 친구 때문에 아리랑 나랑 생전 처음 전주를 구경했어. 와! 동물원 앞에서 엿을 팔면 진짜 대박이겠더라. 어찌나 추운지 이빨이 막 저절로 딱딱거렸어. 딱딱거릴 때 거기에 엿을 쏙 밀어 넣어봐라. 힘들이지 않고도 엿이 녹지 않겠니?”

"언니, 언니는 좀 들어가 있어.”

"알았다, 애.”

유리가 방으로 들어간 뒤, 아리가 내 옆에 쪼그리고 앉았다. 아리는 한동안 아무런 말도 하지 않았다. 나라고 할 말이 있을 리 없다.

랑이 동물원으로 갔다…! 우리가 이제 다시 만날 수 없다는 사실이 뒤늦게 나를 자극했다. 아직은 서럽다거나 슬픈 감정까지 나에게 이르지는 않는다. 죽어서만 헤어지는 줄 알았는데 살아서도 만날 수 없다니! 도대체 이런 일들을 누가 왜 꾸미는 걸까?

"호야…."

아리가 나직한 음성으로 나를 불렀다. 눈물은 그 애의 두 눈에 어려 있었다.

"우리 식구들은 모두 결사적으로 반대를 했어. 말은 저렇게 하지만 언니는 청와대에 고발하겠다고 길길이 날뛰기도 했고… 하지만 우리 힘으로는 어떻게 할 수 있는 문제가 아니었어. 숲에 방사하는 일도 검토했다는데, 학자들이 반대를 했대. 야생으로 돌려보내면 한 달을 살아남기도 힘들다면서…."

내 눈두덩이 간지러워지기 시작했다. 그냥 돌아서서 굴로 돌아가고 싶었다. 랑이 귀가하지 못할 수도 있다는 생각은 꿈에서도 하지 못했다. 물론 예감은 없지 않았다. 결국은 예감을 믿었어야 하는데….

엄마가 돌아가시고 내가 고아가 돼야 했던 날보다 더한 아픔이 파도처럼 밀려왔다.

— 덫꾼을 찾아간 건 나였어….

차라리 첫 번째 들려주었던 덫꾼 얘기로 화제를 바꾸고
싶어서 내가 입을 열었다. 그러나 내가 뱉어낸 말은 때마침
터져 나온 울음으로 인해 그냥 꺽꺽대는 신음으로만 아리에
게 들렸을 것이다.

"그래, 왜 슬프지 않겠니? 내가 이따금 전주동물원을 다
녀오겠다고 약속할게. 잘 있는지, 어떻게 지내는지 너에게
다 알려줄게."

나도 생이별이라는 경험을 했다. 여우들에게는 좀처럼 없
는 일이다. 내 스스로를 위로하려고 지어낸 말처럼 들리겠
지만, 생각해 보면 인간들은 적지 않게 생이별을 한다. 원해
서 그럴 때도 있고, 원치 않는데도 불구하고 그렇게 된다.
인간과 가까워져서 나 역시 별스러운 일을 다 겪어야 하는
걸까?

— 슬픔은 길고….

엄마 유언이 또 들리는 듯하다.

31

송유리는 '쑤시엿'이라는 별명을 새로 얻었다.

결코 명예롭다고 만은 할 수 없어도 그 애는 전혀 아랑곳하지 않았다. 아니, 오히려 엿장수 사건을 계기로 거듭났다. 유리는 자기 학교의 학생 연대장으로 뽑혔다. 본래 타고난 천성에다가 엿 사건이 그 애를 유명인사로 만들었다. 물론 가수에게 받은 짧은 몇 줄의 답장도 크게 한몫 했으리라.

"이건 하늘이 내게 준 기회야."

학교 연대장으로 뽑히자 유리는 스스로 격려했다. 한 학교 학생 수로 볼 때 연대장이라는 칭호는 좀 과분한 면이 없지 않았다. 큰 학교라고 해도 학생 수가 천오백 명 정도에 지나지 않았기 때문에 대대장이라고 해야 옳았다. 군대에서 대대는 보통 천 명 정도, 연대는 사천 명 정도 규모였으니까 말이다. 연대장이라는 호칭은 군사훈련을 받는 학생들을 고무시키기 위한 독재정권의 배려와 특별 승진이라고 할 만했다. 그러니 유리의 생각이 아주 틀리지는 않았다고 할 수 있을지도 모르겠다.

연대장은 학생 군사훈련이었던 교련 과목 안에서만 지위가 인정된다. 유리 당시만 해도 교련을 빼면 아무것도 아닌 셈이었다. 유리는 그게 늘 불만이었다. 그래서 그 애가 혼자 나서서 각 학교 연대장들을 포섭하고 규합한 게 〈목포 여학생연대장연합〉, 유리 호칭으로 〈여연〉이라는 조직이었다.

남한 사회주의여우동맹인 여맹과 목포 여학생연대장연합인 여연은 둘 다 자기들끼리 결성한 모임이어서 대외적으로는 내세울 게 없다는 공통점이 있었다. 굳이 비유하자면 그때 당시 유행했던 아줌마들의 계모임과 크게 다를 바 없었던 거다. 갑계, 동창계, 사친회계 등….

여연 대표로 선출된 유리는 우쭐했다. 그런데 그 기분도 잠시였고, 여연 대표가 됐어도 할 일이 없기는 마찬가지였다. 빵집에 모여서 빵이나 뜯고, 유리가 집에서 들고 나오는 깨엿이나 쑤시엿을 나눠 먹으면서 교련 선생을 씹어대는 것으로는 양이 차지 않았다. 먹는 양에 비해서 워낙 많은 수다를 떨기 때문이었을 수도 있다.

그럴 즈음 때마침, 빵집 텔레비전 장면 하나가 유리의 눈을 번쩍 뜨이게 만들었다. 그 애가 빠르게 손을 뻗어 그쪽을 가리켰다. 그리고 여연 소속 학생들에게 힘주어 말했다.

"저걸 봅시다! 올해 연말에도 문화방송에서는 가수왕을 뽑는답니다. 우리 목포 여연이 이제 해야 할 일이 있지 않겠어요?"

"맞아, 작년에는 이미자가 됐지."

"이미자는 벌써 가수왕 세 번째야. 그치?"

"그래, 최희준 한 번, 펄시스터즈가 한 번씩 하고…."

"커피 한 잔을 시켜 놓고잉 그대 올 때를 기다려 봐도 웬일인지 오지를 않네잉…."

아이들이 펄시스터즈의 커피 한 잔을 합창했다. 빵집 남자 주인이 놀라서 돌아봤지만 열 명이 넘는 연대장들을 제재할 힘은 없었다.

"마음이 고와야 여자지이 얼굴만 예쁘다고 여자냐아? 한 번만 마음 주면 변치 않는 여자가 정말 여자지…."

다른 연대장들의 합창이 끝나자 우리 송유리 연대장이 혼자 나직하게 부른 노래였다. 아주 고단수였다. 그러자 나머지 연대장들도 훈련이 잘된 진짜 연대장들처럼 일사불란하게 따라 부르기 시작했다. 유리 그 애가 자나 깨나 입에 달고 살던 남 선생님의 노래가 아니고 다른 무엇이었겠는가?

그날부터 여연은 일거리를 찾았다. 그냥 찾은 정도가 아니라 자기들끼리도 발을 동동 구르며 환호한 일이었다. 여연 회원들의 눈에는 생기가 돌았다. 서로 만나면 매번 두 손을 들어 손뼉을 치는 모습만 보고도 그들의 강고한 전투력을 확인할 수 있을 지경이었다.

"우리 어때? 진짜 군대처럼 암구호를 정해서 인사말을 대신할까?"

어떤 연대장 하나가 그런 제안을 하자 여연 송유리 대표는 크게 칭찬했다. 나중에 전투가 끝나고 난 뒤 적당한 훈장을 수여하겠다고 약속하기도 했다. '엽서 한 장'이라는 암구호는 그렇게 탄생했다. 한쪽에서 먼저 엽서, 하고 인사하면 다른 쪽에서 한 장, 하고 답례하는 단순한 암구호였다. 더러 누군가는 한 장이 아니라 두 장, 혹은 열 장이라고 답하는 경우도 없지는 않았다. 그래도 암구호가 틀렸다고 총살할 명분은커녕 오히려 장려되는, 허술하고도 모자란 암호 체계였지만, 그들끼리는 아주 신명을 냈다.

"민주주의 시대니까 우리가 왕을 뽑아야지, 안 그래? 가수왕도 마찬가지야. 아무리 박정희 독재가 눈을 시퍼렇게 뜨고 있어도 왕은 투표로 뽑는 거야."

유리는 만나는 학생들에게 언제나 그렇게 주장했다. 그 애 말은 거의 모든 학생들에게 아주 큰 울림과 반향을 선사했다. 독재가 기승을 부리고 있던 때여서 학생들로서는 묘한 대리만족을 얻을 만했다. 심지어 무너진 민주 세상을 다시 세운다는 은밀한 혁명 의식도 아주 없지는 않았다고 할 수 있다.

자기 지역구에서의 성공을 발판으로 내친김에 송유리는 한 발짝 더 나아갔다. 나주를 거쳐 광주까지 전투를 확대했고, 머지않아 여수 순천까지도 작전 지역에 포함했다. 특별한 존재감이 없던 각 학교 연대장들은 여연이라는 조직에 흥미를 느꼈고, 그들이 해야 하는 일에 열광했다. 그리고 연대장들의 입김은 일반 학생들에게 잘 먹혀들었다. 학생들은 동생 이름으로도, 언니나 오빠 이름으로도 엽서를 준비하기 시작했다. 형제가 없는 아이들은 과감하게 부모나 이웃 이름을 빌리기도 했음은 따로 말할 필요도 없다.

"모든 군사작전이 그러하듯 우리 작전이 사전에 노출되면 안 됩니다. 연대장님들, 잘 아는 일이잖아요? 노출된 작전은 백 프로 실패하기 때문입니다. 우리 모두 명심합시다."

송유리가 매번 몸을 사리며 강조한 게 그것이었다. 하지만 독재정권의 정보기관이 여연의 활동을 눈치채지 못할 리는 없었다. 유리가 남원과 정읍, 전주, 군산까지 여연 조직을 확대하고 있을 무렵 그 애는 경찰에 체포되고 말았다. 군사 조직에 필적할 만한, 연대장들의 연합에다가 암구호까지!

그렇지만 경악을 금치 못할 여연 사건은 달리 캐낼 것도 없고 실체도 모호한 허술한 단체라는 것이 금세 맥없이 판명됐다. 규약도 없고 회비 납부도 없어서 말 그대로 밍밍한 사적 모임이라는 건 누가 봐도 자명했다. 거기다 학생들의 순수한 애향심은 오히려 은근하게 지지를 받기도 했다. 유리는 조사 두 번으로 풀려났다.

여연의 공식 활동은 중지됐지만 유리가 벌인 생애 첫 연예 기획사업은 대성공을 거두었다. 학생들은 꾸준히 문화방송으로 엽서를 보냈다. 그해 연말인 12월 31일, 가수왕 선발 생방송이 진행되고 있을 때, 유리는 몇몇 충성스러운 여연 동지들과 함께 둘러앉아 흑백 티브이를 시청했다.

이윽고 왕으로 선발된 가수가 눈을 찡긋하며 전국의 시청자를 향해 검지를 내뻗는 동작을 취했다. 유달산 기슭에서 많이 보던 춤 동작이기도 했다. 그 순간, 여연 동료들은 거의 실신하듯 비명을 내질렀다. 자신들에게 보내는 신호가 틀림없다고 믿은 것이다.

"오홉빠, 싸랑허요이!"

32

아리 역시 자기 언니 뒤를 이어 대학에 진학했다.

그 애들 인생이 꽃 피던 시절이었다. 유리는 연극과 영화를 공부하는 학과를 선택했고, 아리는 의대를 갔기 때문에 그 애네 옛 공장은 눈코 뜰 새 없이 돌아가야 했다. 말이 공장일 뿐 정신없이 돌아야 할 기계가 따로 있는 것도 물론 아니었지만….

결국은 그 애들 스스로 이름 지어 불렀던, 엄마가 꽁꽁 묵혀두었던 이른바 이난영 장학금이 제몫을 다했다. 두 자매는 고향 집에 다녀갈 때면 유달산 중턱에 세워진 이난영 노래비를 잊지 않고 찾았다.

"난영 아줌마, 우리 엄마 큰딸인 저 좀 도와주세요. 어차피 장학금을 주셨으니까 끝까지 책임을 지셔야죠. 안 그래요? 저도 연예계 쪽으로 진출해서 사업을 할 거예요. 매니저도 좋구요. 뭔가 할 일이 있을 것 같거든요. 아셨죠?"

송유리가 노래비 앞에서 묵념하면 마음속에 비는 게 딱 그거 하나였다. 소원을 엿듣고 나는 웃음이 치밀었다. 이미 저승으로 떠난 선생이 만약 듣게 된다면 아주 난감해하거나 도저히 부탁을 외면하지는 못하겠구나, 하는 생각이 들어서였다. 에구, 인연도 참 질기다, 하면서 혀를 찰지도 몰랐다.

아리에게는 모르면 몰라도 나를 만나러 오는 목적이 더 중요했다고 장담할 수 있다. 틀림없이 그랬으리라고 믿고 있다. 아리 자매가 객지로 유학을 떠난 뒤로는 내가 아리네 헛간을 찾는 일은 아주 드문 일이 되고 말았다. 물론 그 애도 장학금 수여자라고 부를 만한 가수 아줌마를 잊지는 않았다. 꼭 의사가 되게 해달라고, 제 언니처럼 소원을 빌지는 않았지만….

"호야! 호, 듣고 있지?"

어느 날 저녁, 아리의 목소리가 들려왔다. 그 무렵부터 인간들은 산을 오르는 횟수가 부쩍 늘었다. 건강을 위한 운동 목적이었다.

자동차라는 물건도 불어났다. 사람들은 자동차를 타고 산 밑까지 온 다음 정상까지 오르곤 했다. 그 자동차 놈은 정말이지 전에는 듣도 보도 못한 무시무시한 짐승이었다. 다른 동물은 사냥할 때 이빨로 물어뜯든지 앞발을 들어 내리치는데 놈들은 달랐다. 그저 빠른 속도로 다가와 냅다 들이받으면 한순간에 끝이었다. 어찌 보면 멧돼지와 비슷한, 아주 무식한 공격이었지만 피해는 처참하기 짝이 없었다. 이빨로 물고 발을 들어 우악스럽게 짓밟고, 바위 같은 이마로 헤딩을 하는 3종 공격을 동시에 받는 것과 같았다. 머리가 깨지고 내장이 파열되고 몸이 납작하게 부서지곤 했다.

아리 목소리를 확인하고 나는 한참 동안 굴 밖을 주의 깊게 둘러보았다. 내가 아니더라도 아리가 충분히 주변을 살피고도 남았겠지만.

"전해줄 소식이 있어. 잘 있었지?"

아리 옆에는 전에 본 적이 없는 남학생 하나가 서있었다. 푸근하고 서글서글한 인상이었다. 그래도 나는 동물적인 본성으로 뒷발을 세웠다.

"호야, 미안해. 미리 너한테 귀띔할 방법이 있었어야 말이지. 나랑 같이 스터디하는 선배 오빠야. 그러니 안심해도 돼."

오빠라는 호칭이 무슨 쥐약 성분과도 같이 싸하게 내 뒷골을 잡아당겼다. 랑이 나를 오빠라고 처음 부르던 순간의 떨림 때문만은 아니었다. 이제 더는 들을 수 없는 말이 되고 말았는데, 아리는 그렇게 불러야 할 사람이 생긴 것이다.

"아리에게 얘기 많이 들었어. 바, 반갑다."

그가 자기 이름까지도 밝혔지만 내 귀에는 들려오지 않았다. 아는 체하기도 싫었다. 내가 만약 그때 남자를 꼼꼼하게 살폈더라면 많은 것들을 읽어낼 수도 있었으리라. 어떤 성품인지, 나중에 아리를 배신하지나 않을는지, 나와는 또 어떤 인연을 맺게 될 사람인지… 하지만 감정이 앞선 바람에 나는 그런 기회를 스스로 차버리고 말았다.

"호야, 네 이름이 뭔지 오빠에게도 알려줘야지."

아리가 재촉했지만 나는 무시해 버리고 짐짓 딴청을 부렸다. 갑자기 가슴속으로 파고드는 외로움이나 서러움, 그런 것들의 정체는 무엇인지, 이제 누구에게 물어볼 수 있을까? 그 순간 법정 스님의 얼굴이 떠올랐다. 그분이라면 답을 해줄 수도 있을 것 같았다. 그래, 한 번은 꼭 뵈러 가야지.

"전주에서 네 여친을 만나고 왔어. 나를 몹시 반겨주더라. 그 애의 부러진 발은 어찌 바뀌었는지 짐작할 수 있니? 아참, 호야! 내가 의사가 되기로 작정한 게 누구 때문인지 알겠니? 짐작할 수 있겠어? 그래, 바로 너와 네 여친 때문이었어. 그 애 발목을 붕대로 싸매던 순간 말이지. 그게 내 진로를 결정한 거야. 이 얘기는 대학에서도, 그리고 이 오빠에게도 수없이 했던 얘기야. 그래서 너를 보러 같이 온 거고….”

아리는 좀 흥분이 되는지 랑 소식은 까맣게 잊은 듯 엉뚱한 말만 늘어놓았다. 나를 설득하려는 어떤 변명처럼 들리기도 했다. 나는 심드렁하게 아리를 쳐다보았다. 어서 랑에 대한 소식이나 말해보라는 뜻을 담아서… 아리가 내 눈치를 보는 듯했다.

“동물원에서 그 애 의족을 만들어줬더라. 색깔까지 비슷하게 칠해서 얼핏 보면 누구도 몰라보겠더라고! 물론 걸을 때면 아직도 좀 부자연스러워. 그래도 물론 그 애는 아주 만족했어. 자신감을 되찾은 것 같기도 하고….”

랑이 걷는 모습을 상상해 본다. 자신감까지 되찾았다니 여간 다행스러운 게 아니다. 전처럼 시를 짓고, 어디 가서든 노래도 지어 부르기를 원한다. 그 애는 타고난 시인이었고 가수였다. 나를 처음 만났을 때처럼 재치도 있고 발랄해졌으면 좋겠다. 나는 그때 부모님 일을 떠올리고 발끈하고 말았지만 여자애들이 밝게 웃는 모습을 보면 정말 사랑스럽다. 여우하고는 살아도 곰하고는 못 산다는 인간들의 속담은 백 번 옳다.

“그런데 호야. 이런 얘기를 해줘야 하는지 나도 엄청 고민했어.”

이건 또 무슨 얘기일까? 아리가 그렇게 운을 뗀다면 보통 얘기가 아닐 거라는 불안한 마음이 앞선다. 의족까지 선물받아서 기쁘고, 절뚝거리면서나마 걸을 수 있으면 됐지 뭐가 더 있다는 걸까?

"놀라지 말고, 제발 속상해하지 않았으면 좋겠어. 내가 부탁할 게… 그 애는 뭐랄까? 결혼을 했대. 그 사이 아이들도 한꺼번에 여섯을 낳아 잘 기르고 있고…."

아리가 내 목을 쓰다듬을 속셈으로 가까이 왔다. 나는 하마터면 그 애 손목을 물어뜯을 뻔했다. 아니면 자동차라는 별난 괴수들처럼 머리로 들이받고, 발로 깔아뭉개는 3종 동시 공격을 흉내 냈을지도 모른다. 누구 몸이 부서지든… 물론 아리 잘못은 아니다. 그렇다면 랑의 잘못이라고 할 수 있을까?

산 아래 포구에서 뱃고동 소리가 들려왔다. 이 시간에 도착하는 배는 아마 없을 것이다. 여객선이든 고깃배든 그건 떠나가는 배가 분명하다. 왠지 그런 생각이 들었다. 나는 말없이 뒤돌아서면서 연이어 떠나가는 아픈 뱃고동 소리에 귀를 기울였다.

33

가을이라면 어디로든 떠나기 좋은 계절이다.

승달산이 단풍으로 물들기 시작하자 나도 길을 나섰다. 울긋불긋한 단풍이 모든 나그네 짐승의 몸을 숨겨줄 것이라는 기대가 가장 컸다. 거기다가 어느 길에서나 굶주림을 쉽게 해결할 수 있는 장점도 있다.

다시는 이곳으로 돌아오지 못할 것 같다. 그런 예감이 들었다. 날이 갈수록 사람들이 산으로 몰려왔다. 굴 밖으로 함부로 나섰다가는 인간들의 발에 채여 축구공처럼 목포 삼학도까지 날아가 뒹굴 게 뻔했다. 랑은 물론이고, 송아리하고도 멀어졌다. 그 애는 아니라고 부인하면서 울겠지. 물론 아닐 수도 있다. 하지만 적어도 나한테는 그렇게 되고 말았다.

전에 갔던 길을 더듬어 지리산으로 들어갈 계획을 세웠

다. 승달산에는 이제 눈을 씻고 찾아봐도 여우 한 마리 남지 않았다. 내가 마지막 여우였다. 그래서 나도 다른 여우들과 함께 뒹굴며 어울려 살고 싶어졌다. 오다가다 더불어 해로할 수 있는 늙은 여시라도 하나쯤 만날 수 있기를 바라는 마음이 간절했다. 남한 사회주의여우동맹, 아, 여맹 사령관의 따님은 아직 살아 있을까?

걷다가 뒤를 돌아보니 불빛에 비친 검은 승달산이 보였다. 그때 처음으로, 내가 살던 산봉우리가 우리 엄마의 가슴을 닮았다는 사실을 비로소 알았다. 그리고 누구에게나 고향은 그렇게 보일 것이라는 사실까지도….

그새 내 눈은 희미해지기 시작하고, 두 귀도 전과 같지 않다는 사실을 고백해야겠다. 늘 듣던 여치와 귀뚜라미 울음소리도 두세 번은 확인해야 어느 놈이 어느 놈인지 분간이 되곤 했다. 눈은 그보다 더해서 웅크린 바위를 보고 사람으로 오해하는 경우가 잦았다. 한적한 바닷가로 자주 나가서 짠 소금물로 눈을 헹구기도 했다. 가장 서러운 건 등이 가려울 때였다. 나이 들면 피부가 트는지 아침저녁 할 것 없이 가려웠다.

— 아니, 아니 왼쪽, 더 왼쪽으로!

— 여기?

— 그래. 맞아 거기!

랑과 지내던 날이 떠올랐다. 그 애는 가려운 곳을 족집게처럼 잘도 찾곤 했다. 정확히 가려운 곳을 짚어 긁고 나면 희한하게도 근처 어딘가가 또 가려워지는 게 문제였지만…. 인간들도 이 사소하면서도 오묘한 재미를 알고 살까?

늙었다고 여긴 적은 물론 아직까지는 없다.

늙더라도 서럽지는 않을 것 같다. 늙어서 서러워진다면 꿈이 혹시 너무 많지나 않은지 의심해볼 일이다. 이루지 못한 꿈들 말이다. 그래서 서럽지 않으려면 부질없는 꿈들을 골라 하나씩 버리는 연습이 필요하다. 인간들은 어떨지 몰라도 우리 여우들에게는 그런 게 반드시 필요한 덕목 가운데 하나다.

나는 어떤가? 나 자신의 경우는 좀 다르기는 하다. 내가 버릴 새도 없이, 꿈들이 자꾸 어디론가 새어나가고 사라져간다. 어느 때부턴가 그랬다. 그리고 이 사실을 떠올릴 때마다 이상하게도 쓸쓸해진다. 내가 쓸쓸하다고 느끼는 건 그런 때 말고는 없다. 아, 제기랄! 인간이나 여우나 막론하고 늙으면 어떻게든 쓸쓸해지거나 서러워지는 모양이다.

가끔은 큰길을 지나치거나 큰길을 따라서 걸어야 할 때가 많았다. 자고 나면 신작로가 하나씩 느는 것 같았다. 인간들은 길을 내다가 산을 만나면 돌아가지 않고 으레 산을 뚫었다. 편리하긴 했다. 그렇게 만들어진 터널을 지나 나 역시 산 하나를 가볍게 지나오기도 했으니까.

문제는 길 위에 놓인 주검들이었다. 우리들 여우는 물론이고 토끼와 꿩, 고라니, 노루, 오소리, 족제비, 너구리, 수달, 살쾡이를 비롯해서 인간들이 길들인 고양이와 개까지 길 위에 죽어 나자빠져 있었다. 심지어 남원 가까이 이르렀을 때는 어린 반달곰 하나가 형체도 알아볼 수 없게 피 떡으로 뭉개진 모습도 보았다. 길 위에서의 죽임, 이른바 로드 킬의 흔적이었다.

여맹이 자랑하던 지리산 본부는 이미 쑥대밭이었다. 처음부터 누군가와 싸움을 벌인 게 아니었으니까 무슨 전투의 패배 따위로 그렇게 된 건 아니었다. 본부 주변의 계곡과 봉우리를 샅샅이 뒤진 끝에 내가 찾은 여우는 늙은 부부와 장성한 아들, 셋뿐이었다.

— 말씀 좀 여쭙겠습니다. 지리산이 어찌 이렇게 텅 비었습니까?

— 뉘신데 그런 걸 묻소?

— 지나가던 나그네입니다.

늙은이들은 심하게 나를 경계하면서 굴 밖으로는 나오지

않으려고 했다. 같은 여우가 아니라 내가 살쾡이나 표범으로 보이는 모양이었다. 그들은 그만큼 공포에 질려 있었다. 근방의 다른 굴에서 나온 장성한 아들 여우가 나를 맞았다.

— 다 옛날 일이오. 굴을 나선 여우마다 집으로 돌아오지 못했으니까.

— 아니, 십여 년 전에 내가 여기를 왔을 때만 해도 여맹 본부가 이 자리에 있었어요. 줄잡아도 병력이 중대급은 됐고… 그럼, 저 위 불일암을 지키던 살쾡이는 어찌 되셨소?

— 그때 일을 알고 계시오?

— 물론입니다. 그를 만나 담판을 지었던 게 바로 저였습니다.

— 아, 나도 들었던 얘기요. 담판을 끝내고는 몰래 떠났다고 들었는데… 그 살쾡이는 수도하던 스님이 떠나신 뒤 홀연히 자취를 감추었다는군요.

멀지 않은 곳이어서 나는 불일암으로 올라갔다.

암자는 그날 이후로 더 황폐해져서 숲으로 거의 뒤덮여 있었다. 관리하는 사람이 없어졌기 때문이리라.

내 등장에 놀란 다람쥐 한 놈이 입안 가득히 도토리를 문채 꽁무니를 내뺐다. 붉게 물든 지리산의 연봉들이 끝도 없이 원을 그리며 서있었다. 그 아득한 절경이 그만큼 아득한 옛 기억들을 나에게 불러다 주었다.

그날부터 나는 지리산에 거처를 정했다. 남들이 파놓은 굴을 귀찮게 실랑이를 벌여 빼앗을 필요도 없었다. 계곡 아래에 천연동굴이 있어서 그냥 거기에 깃들었다. 그런 굴은 얼마든지 널려 있었는데, 굴마다 누군가 살다간 오래전 여우들의 냄새가 희미하게 풍겼다. 틈만 나면 나는 킁킁거리면서 냄새를 맡았다.

어느 날인가는 내가 여우 사내에게 물었던 적이 있다.

— 그때 그 사령관의 따님은 어찌 됐소?

사내가 먼 하늘 쪽으로 시선을 돌렸다. 그가 향한 눈길 끝으로 우물만큼 열린 하늘이 보였다. 승달산이나 유달산에서라면 언제든 드넓은 하늘이며 바다를 볼 수 있었다. 그렇지만 숲이 울울창창한 이곳에서 가장 넓은 하늘이라고 해봐야 겨우 우물 정도에 지나지 않았다. 그게 나에게는 다행일까? 하늘도, 그리고 바다도 그리운 얼굴들을 무시로 떠올리게 만든다.

— 내 아내 말이오?

사내가 반문했다. 그리고 이내 덧붙였다.

— …작년 그쯤에, 나보다 먼저 세상을 떠났다오.

34

모악산에 서자 낮게 펼쳐진 시가지를 건너 멀리 반대편 북쪽으로 건지산이 내려다보였다. 동서로도 산이 둘러싸고 있어서 전주는 화분처럼 움푹 팬 아늑한 도시가 확실해 보였다. 전주全州라는 이름 그대로.

— 이런 도시라면 바람이 많지 않고, 바람이 많지 않으면 개떼를 따돌리기 좋겠지.

나는 침을 삼켰다. 한 번은 가봐야지, 가봐야지 하면서도 끝내 가지 못했던 길에 내가 선 것이다. 그 건지산 자락에 동물원이 있다고 했다.

밤이 오기를 기다리면서 조심스럽게 모악산을 뒤졌지만 여우 자취는 어디에도 없었다. 전주 일대에서도 우리 종족은 이미 멸종이 되고만 게 분명했다.

건지산 입구, 조선 왕조를 개창했던 전주 이씨 시조 묘가
자리한 조경단肇慶壇 앞에 서자 전주 분위기가 비로소 내 가
슴에 스며들었다. 따뜻하면서도 기품이 넘치는 도시가 틀림
없는 듯했다. 하지만 온갖 동물의 울음소리가 한데 섞여 들
려오기 시작해서 내 귀에는 중구난방 시장터나 다름없었다.
호랑이와 사자, 기린, 곰, 코끼리… 그들이 풍기는 냄새까지,
별천지 대처가 따로 없다는 생각도 없진 않았다. 지리산의
여우들도 모두 이곳으로 옮겨온 건 아닐까?

여우 막사를 찾느라고 나는 한참을 헤맸다. 냄새가 뒤섞
여 있어서 일일이 확인해야만 했고, 내가 다가갈 때마다 막
사 주인들이 으르렁거렸다. 여우 막사는 공작새와 원숭이
우리 사이에 있었다. 원숭이 녀석들이 내 접근을 알아채고
유난히도 떠들며 날뛰었다. 나는 막사 앞으로 다가가 낮게
몸을 웅크린 채 랑을 불렀다. 살아있을지 확신이 서지는 않
았다.

— 오빠!

그 애는 나를 보자마자 눈물을 와락 쏟아냈다. 마음이 급
해져서 먼저 철망 밑으로 그 애의 발목을 만져보았다. 의족
은 아주 딱딱하고 차가웠다.

— 랑이라고 불러서 오빠인 줄 바로 알았어. 여기서 내 이
름은 '깽이'거든. 아, 무슨 얘기부터 해야 할지 모르겠어. 오

빠는 잘 지내?

바로 그때, 건장한 사내 여우 하나가 랑의 곁으로 다가왔다. 랑의 남편이 분명할 것이라는 확신이 들었다.

— 웬 녀석이야? 이 야밤에, 웬놈이 문밖에서 당신을 불러낸 거야?

— 여보! 내가 늘 얘기했던 옛적 고향 오빠예요. 제발 자리 좀 비켜줘요. 얘기 좀 하고 갈게요.

— 아, 그러신가?

사내가 입맛을 다시며 막사 안으로 들어갔다. 나는 랑에게 오빠가 되고, 그는 여보가 된다. 두 호칭 사이가 아득하게 멀어서 가물가물했다.

— 미안해, 오빠.

— 행복해?

— 응. 저이는 중국에서 왔어. 이곳 사육사들이 내 배필을 어렵게 구했다고 들었어. 나는 여기 갇힌 몸이라 어떻게 할 수 있는 게 아니었고.

탓할 마음이 전혀 없었는데 랑은 변명을 했다. 그래서 그 애를 위로하고 격려도 해주고 싶은 마음이 들었다.

— 누군가에게 길들여진다면….[8]

---

8) 생텍쥐페리, 『어린 왕자』 인용.

— 알아, 오빠. 쌩택쥐 얘기를 하려는 거지? 누군가에게 길들여진다면 눈물을 흘릴 각오를 해야 한다는… 동물원에 와서 우리를 보는 사람들마다 똑같은 얘기를 늘어놓다 가거든. 그래서 저절로 외워진 구절이 됐지.

쌩택쥐…? 랑은 생텍쥐페리를 쌩택쥐라고 했다. 이름이 길고 어려운 탓이겠지만 하도 들어서 식상한 게 분명했다. 하여튼 그렇게 부르자마자 그 저명한 작가 선생은 갑자기 우리들 먹잇감인 어떤 쥐의 일종처럼 느껴졌다. 랑의 발랄함을, 그리고 우리 여우들의 허접한 상상력을 부디 용서하시기를!

— 오빠, 이런 건 생각해 봤어? 만약 길들여지지 않고 자유를 원한다면 눈물 대신 피와 땀을 흘릴 각오를 해야 한다는 사실을?

— 아니, 랑… 난 그저 빵을 얻을 수 있다면 무엇인가를 감수해야 한다는 뜻이었어. 네 처지를 충분히 이해한다는 뜻이기도 하고.

— 아, 자유냐 빵이냐 그 얘기네? 우리에게는 자유냐 곶감이냐, 아니면 자유냐 쥐냐, 머 그렇게 바꿀 수 있는 말이겠지. 요즘 젊은 사람들은 동물원까지 와서도 그런 토론을 해. 덕분에 나도 좀 유식해졌지.

랑이 날카롭게 반응하는 것 같았다. 본래 랑다운 모습이기는 했다. 그렇지만 나는 좀 억울한 심정이었다. 서로 애틋한 마음만 나눠도 모자랄 판에 이 무슨 대화인가 싶었다. 랑이 헛기침을 했다.

— 오빠에게는 자유가 있고, 나에게는 곶감만 있다고 여기는 거지? 그런데 오빠에게 무슨 자유가 있다고 생각해? 어디든 갈 수 있는 자유…? 실제로 그럴 자유가 있어? 이 안에서 나에겐 그게 있어. 눈을 감고 여길 한 바퀴 돌아볼까? 물론 좀 좁기는 해. 하지만 어차피 발목이 불편해서 사방팔방 다닐 수도 없지. 오빠는 거기 밖에서든 산중에서든 열 걸음만이라도 눈감고 편히 걸을 수 있겠어? 결국 오빠는 빵도 없지만 자유도 없는 셈이야.

우리가 소곤거리는 말이 신경을 거스르는지 옆 막사 원숭이 놈들이 자다 말고 휘이 휙, 하고 휘파람 소리를 질렀다. 철망 안으로 들어갈 수 있다면 녀석들의 머리를 쥐어박고 싶었다. 어쨌거나 랑은 나한테 동물원으로 들어오라는 건지 아니면 작금에 인간들 사이에서 회자되고 있는 독재정치를 옹호하려는 것인지 종잡기가 어려웠다.

— 그래, 충분히 알아들었어.

나는 스스로도 모호할 만큼 거짓말을 했다. 우선 나는 동물원에서 비단 금침을 깔아준다고 해도 들어갈 마음이 전혀 없다. 곶감을 하루에 백 개씩 준다고 제안해도 마찬가지다.

아무리 깊은 산중에 살고 있을망정 수없이 들려오기 마련인 박정희라는 이름 따위에도 아무 관심이 없다. 그래서 거짓말을 한 것이다.

— 랑아, 요즘도 노래는 자주 부르니?

— 잊었어. 시가 떠오르지 않고, 화음도 맞지 않는 가락만 머릿속을 오락가락해. 전에 그랬었다는 기억도 다 잊어버리고….

말끝에 랑은 나지막하게 한숨을 뱉어냈다. 그 한숨이 내 가슴을 소금처럼 절이는 듯했다. 그 애가 그 애답지 않게 변한 걸 확인하는 순간이기도 했다.

— 어서 들어오지 않고 뭐해?

안쪽에서 랑의 사내가 불편한 목소리를 내뱉었다. 랑은 대꾸하지 않았다.

— 들어가, 랑.

— 괜찮아. 우리가 또 언제 만날 수 있겠어? 아 참, 아리 자매는 여러 번 여길 다녀갔어. 올 때마다 전에 맛볼 수 없는 음식들을 선물하곤 했어. 치즈나 바나나, 깨엿까지… 난 됐으니까 오빠에게나 갖다 주라고 부탁했는데….

랑의 고백이 내 가슴을 아프게 만들었다. 따뜻한 말이라고는 그 하나뿐이었지만 다른 백 마디 말보다 크고 아름다

223

웠다. 그래서 내 말도 아마 따뜻해졌을 것이다.

— 나도 많이 받았어. 그 애들과 나는 지금보다 훨씬 먼 그생에서는 오누이였던 거 같아. 늘 그렇게 믿고 있어. 아니면, 장차 저승에서 무엇인가가 되든지… 랑아, 이제 갈게. 널 봤으니까 됐다. 행복하기를 진심으로 바랄게. 그리고 나는….

뒷말을 끝내 잇지 못하고 나는 돌아섰다. 랑이 두 앞발을 들고 서서 철망을 꽉 움켜쥔 채 나를 배웅했다.

— 미안해, 오빠!

랑의 외침이 내 뒷머리를 때렸다. 미처 잇지 못했던 말을 나는 내 가슴에 다시 새겼다.

— 기꺼이 이 땅의 야생 여우로 죽을 거야. 나는!

35

― 시간은 흘러가서 어디로 가는 거지?

랑이 나에게 물은 적이 있다. 결국 성과 없이 끝나버리기는 했지만 우리가 새롭게 아이들을 갖기 위해 노력하던 때였을 것이다. 그건 내게 엄청난 중압감을 안겨주던 질문이었다. 목포항 방파제가 거친 태풍에 무너져서 바닷물이 한꺼번에 몰아치는 느낌이 들 만큼.

― 흘러가서 무엇이 되는 걸까?

혼잣말을 하듯 그 애가 되물었다. 언젠가 불렀던 노래 제목을 내가 '여우들의 시간'이라고 정하자고 제안했던 일이 당연히 떠올랐다. 모르면 몰라도 랑은 노래 제목을 오래 마음에 두었던 것 같다.

― 글쎄, 시간은 어차피 눈에 보이지 않는 건데 뭘….

— 눈에 보이지 않는 건 맞아. 그런데 지금 이 순간에도 시간이 흐르고 있다는 사실은 누구나 알 수 있지 않아?

유감스럽게도 나는 끝내 그럴싸한 답변을 들려주지 못했다. 세 갈래나 되는 귀를 바람결에 기울여 선현들의 가르침을 청해볼 수는 있었다. 하지만 솔직히 고백하자면 랑의 반박이 두렵기도 했다. 모처럼 우리 곁에 찾아온 평화를 유지하고 싶었다고 해야겠다. 그럴 때는 침묵보다 좋은 답이 없다. 슬프게도, 우리 사이에서는 그랬다.

그때 우리가 갈라서는 게 나았을까? 인간들이 흔히 그리 하는 것처럼?

아니다. 그럴 수는 없었다. 무엇보다도 당시 상황이 최악이라고 단정 지을 수는 없었다. 그리고 우리 여시들이란 남들을 속이는 데는 일가견이 있을지 몰라도 자기 자신을 속이는 존재들은 아니다. 여우가 여우답지 않게 칼로 두부를 자르듯 부부관계를 토막 낼 수 있는 방법이란 없다. 그게 여우의 삶이고, 여우들의 시간이기도 하다.

흘러간 시간들이 쌓여서 이룬 퇴적물 같은 게 역사가 된다는 사실쯤은 누구나 안다. 그것으로 두 번째 질문에 대한 답은 될 수도 있을 것 같다. 흘러가서 무엇이 되느냐는 질문 말이다. 하지만 랑이 물었던 건 그게 아닐 것이다. 흘러간 시간이 곧 역사라고 할 수도 없다.

전주동물원을 다녀온 뒤로 나는 오랫동안 시간에 대해서 궁리했다. 이미 흘러가버린 시간에 대해서 랑은 궁금해했지만 내 주변으로도, 내 몸을 관통하면서까지 시간은 분명 흘러가고 있었다.

어디, 그뿐인가? 아무리 잊으려고 해도 랑과 보냈던 과거들이 내 머릿속을 거미줄처럼 찐득하게 붙어 다녔다. 그러니 깜냥에 진지하지 않을 수 없었다고 해야겠다.

간접적으로 얻어들었던 얘기에 지나지 않지만, 아리네 엄마는 인생의 숨겨진 비밀들을 가수 이난영을 통해서 풀고자 했던 것 같다.

그 애 엄마는 지금쯤 그걸 풀었을까? 그녀를 다시 만날 수 있다면 꼭 묻고 싶어진다. 그리고 그렇듯 세상이 숨긴 비밀을 풀어버린 사람들은 어떻게 변해 있을지 몹시 궁금해진다. 말하자면 깨달음을 얻게 된 사람들의 모습 말이다. 어쨌든 나라는 여시도 늘그막에 이르러 그 애 엄마와 똑같이 전에는 생각지도 못했던 수수께끼를 맞닥뜨리고 말았다. 이런 게 나이가 가진 속성인가 보다.

— 어쩌자고, 시간은 흐를까? 흘러서 어쩌자는 걸까?

답이 나오기는커녕 나 스스로 머리에 품은 화두 자체가 도돌이표를 따라 도로 아미타불을 끝없이 반복했다.

그런 어느 날 저녁 무렵이었을 것이다. 불일암 옛터에 웅크리고 있자니 노을이 멀리 연이어 둥글게 곡선을 그리고 앉은 봉우리 위에 펼쳐지는 장관이 눈에 들어왔다. 하루 햇살이 마지막 조화를 부리는 시간이었다. 그때 마치 내 연인이기라도 한 것처럼 바람이 기척을 하며 다가왔다. 아니, 바람의 말이 들렸다.

— 조물주라는 게 누군지, 아직도 모르겠니?

바람의 목소리는 내가 아는 스님과 엄마의 음성을 한데 섞어놓은 듯했다. 덧붙이자면 절반은 사람이고 나머지 절반은 여우인 존재!

— 내가 지금 여기 올 수 있었던 것도 그분의 힘 때문이었지. 네가 내 말을 들을 수 있는 것 역시 그분이 계셔서 가능한 일이고… 모르겠니? 시간이 바로 그분이야. 너나, 나나, 우리들 모두의 조물주는 시간이란 말이야!

한 마디만 더 들려줄게. 그러니 네가 무엇인가를 원해서 간절히 빌고 싶다면 시간에게 빌어야 돼. 하늘에게, 하느님이나 부처님에게, 별님 달님에게도 빌어봤자 다 부질없지.

헤어진 사랑을 되찾고 싶니? 어긋나버린 과거를 바로잡고 싶니? 그럼 너희가 헤어지던 순간의 시간으로 돌아가서 그 시간에게 빌어봐… 할 수 있다면 말이야.

그날 내가 들었던 바람의 말은 그게 전부였다.

가만히 생각을 거듭하자니 조물주의 정체는 다름 아닌 시간이라는 게 분명한 듯했다. 존재하는 모든 것들의 탄생부터 죽음까지, 그들을 관장하는 게 시간이다. 만물을 창조해내는 일도, 그것들을 파괴하고 소멸시키는 일도 시간이 하는 짓이다. 심지어 시간은 시간 자체의 시간까지도 다스린다. 그래서 시간이야말로 조물주이며 신이다. 조물주나 신이 존재한다면, 그들은 형상도 음성도 없이, 다만 시간을 장악하고 있는 어떤 존재일 뿐이다!

어디서부터 날아온 바람의 말인지 알 수 없었고 도대체 근본이 무엇인지 헤아릴 수도 없는 결론이었지만 나는 그렇게 믿기로 작정했다. 우리들 여시의 귀가 큰 데다 바람소리에 귀를 늘 기울이고 있었기 때문에 그나마 들을 수 있었는지도 모르겠다.

물론 랑이 수긍할 수 있을지는 장담할 수 없다. 랑은 벌써 잊어버렸을지도 모르고, 굳이 찾아가서 답을 제시하다가는 괜히 머퉁이나 받게 될지도 모르겠다. 그렇더라도 모처럼 찾아온 그럴싸한 생각을 바꿀 마음은 없다. 나 같은 여시가 백날 천날을 궁리해 봐야 이보다 더 근사한 말을 들을 수는 없을 것 같다.

― 랑아, 시간은 흘러서 어디로 가느냐고? 그래, 나는 알았다. 바로 그 시간을 흘려보낸 과거의 존재들에게 가 있는 거야.

나는 혼잣말을 했다. 뒤로 내빼기 잘하는 시간이란 조물주의 꼬리라도 비로소 붙잡은 느낌이 들어서 나는 우쭐해졌다. 랑을 만나고 싶은 마음이 굴뚝 연기처럼 치솟았다.

― 그들에게 가서 인연을 만드는 거야. 알겠어?

― 인연이라고?

보이지 않는 곳에서 랑이 반문하는 목소리가 바람결을 따라 내 귀에 닿았다. 찢어진 귀 때문인지 그 애의 목소리는 떨면서 내 귓바퀴를 파고드는 느낌이었다.

― 시간은 결코 사라지는 게 아니야. 하얗게 고사목으로 변한 저 천년 세월의 구상나무를 한번 바라봐. 나무를 관통했던 시간은 이미 사라졌거나 어딘가로 도망친 게 아니라 저 나무가 울창하고 싱싱하던 순간들에 다 깃들어 있어. 보여?

― 넌 그게 보이니?

― 그래! 보인다고 맹세할 수 있어. 마찬가지로 너를 스쳐 간 시간들도 어딘가 다른 곳으로 흘러간 게 아니라 과거의 너에게 가 있는 거야. 내 시간들도 물론 다를 게 없고… 우리가 함께 보냈던 시간들 역시 그래. 우리가 울던 날의 시간은 울던 그 순간을, 또 우리가 행복하던 날의 시간은 행복하

던 그 순간을 마치 수호신처럼 절대 떠나지 않을 자세로 지키고 있는 거라고 할 수 있어. 이해할 수 있니?

— 호야, 나도 너처럼 태평스럽게 생각할 수 있었으면 좋겠다.

마치 현실처럼, 랑의 차가운 음성이 죽은 구상나무를 흔들었다. 나는 입을 다물었다. 아무런 뜻도 없이 그저 휘휘, 히히 우는 바람소리만 다시 내 귀에 들려왔다.

랑이 만약 청한다면 나는 자신 있게 말할 수 있다.

— 누구에게든 과거의 기억들이 아스라해지거나 아주 영영 사라지는 경우는 당연히 있어. 그런 이들이 흔히 시간은 흘러서 어디로 가느냐고 묻겠지. 기억에 없으니까 말이야. 하지만 그렇다고 벌어진 일 자체가 사라진 건 아니잖아? 단지 기억에서만 잠시 지워져 있을 뿐… 우리들의 시간과 그 시간이 만든 인연들이 그러지 않았어? 랑아, 너는 벌써 잊었을지 몰라도 우리가 웃고 기뻐하던 날은 분명 있었어. 그때의 시간들은 아무런 일도 더는 하지 않은 채 오로지 그날들만을 충성스럽게 지키고 앉아 있지.

나는 혼자 남아서 그런 식으로 랑을 추억하며 그리워했다. 틈만 나면, 아니 시간만 되면 랑과의 인연을 반추하고 있었다는 얘기다. 과거의 시간들과 더불어 현재의 시간들까지 모두 무덤 같은 어떤 한 곳으로 층층이 쌓이는 게 보일 지경이었다.

내 시간은 그렇게 가고 있다. 랑아. 랑아. 랑아!

36

"흐흐흐, 네놈이 시방 앉아 있는 자리가 어떤 곳인지는 알고 있느냐?"

법정 스님이 낄낄거리며 물었다. 나는 고개를 들어 그늘을 드리워주고 있는 후박나무를 바라보았다. 이파리가 넓고 두꺼운 나무였다. 비가 내리면 후드득 후드득, 빗방울 떨어지는 소리가 듣기 좋을지는 몰라도 다른 특징은 없었다. 내가 가만히 앉았던 자리를 살펴봐도 이게 어떤 곳인지 헤아려지지는 않았다.

"어허허허, 내가 장차 입멸해서 말이다. 남은 육신을 꼭 거기에 묻어달라고 할 참인데, 네놈이 시방 딱 거기 앉아 있는 거야. 허허허."

나는 자리를 옮겨 앉으려고 일어섰다. 스님이 손을 내저었다.

"괜찮아, 괜찮아! 흐흐… 너 앉고 싶은 곳에 그냥 앉아."

첫 번째 만남은 스님이 나를 찾아냈고, 두 번째는 오다가 다 우연히 만났다. 그러니 한 번은 내가 스님을 찾아야 마땅했다. 때마침 스님이 순천 송광사 뒤편 산허리에 암자 한 채를 이제 막 마련했다는 소식이 바람결에 들려왔다. 그런데 암자 이름이 불일암이라고 했다.

아, 불일암! 스님이 세운 뜻이 무엇인지 조금은 짐작이 되었다. 비록 다 무너지긴 했지만 불일암은 원래 쌍계사 뒤 암자였다. 젊은 날 목욕재계하고 홀로 올라와 치열하게 용맹 정진하던 곳! 스님은 그날을 잊지 않으시겠다고 작정한 것 같았다.

그때도 가을날이었다. 내가 발소리를 죽인 탓도 있겠지만 스님은 내가 산문에 드는 소리를 듣지 못하셨다. 무엇인가를 한참 열중해서 쓰고 계셨다. 그러다가 나와 눈이 마주치자 비로소 방에서 나왔다.

"허허, 이놈아. 왔으면 기척이라도 낼 일이지. 그새 도둑괭이로 변신이라도 했느냐? 흐흐흐."

멋쩍어진 나는 땅바닥을 발톱으로 긁어대며 뭘 쓰시냐고 여쭤보았다.

"허허허, 그놈도 참! 어디, 법문 한 구절이라도 공짜로 얻어듣고 싶은 모양이로구나. 그래, 똑바로 들어라. 소리에 놀라지 않는 사자처럼, 그물에 걸리지 않는 바람처럼, 진흙에 더럽히지 않는 연꽃처럼… 그걸 쓰고 있었느니라. 제대로 들었느냐? 허허허."

문답이 재미있어서 앞발을 들어 내 이마를 가리켰다. 깜냥에 선문답 흉내를 내본 셈이다. 스님이 그런 나를 보고 데굴데굴 구르며 웃으셨다.

"네깟 놈 얘기를 쓸 게 뭐 있다고 한가하게 그런 걸 끼적거리고 있겠느냐? 안 그러냐? 하하하!"

이번에는 내가 삐친 표정을 지었다. 그러자 스님은 또 웃음을 참지 못하고 몸을 둥글게 말았다. 뭐가 그리도 재미있는지 말을 시작할 때도 웃고, 끝낼 때도 똑같이 웃었다.

"이리 오너라. 마루에 함께 앉자. 허허허!"

가을이 되어서도 잎을 떨어뜨리지 않는, 내가 잠시 그늘을 신세졌던 뜰 앞 후박나무를 바라보았다. 마루에서는 더 후박하게 보였다. 순박하고 또 인정이 많은 나무였다. 그러자 송유리가 외치던 말이 떠올랐다. 울릉도 호박엿은 태풍 땀시 못 와불고라… 원래 호박엿은 호박이 아니라 한약재로 쓰이는 후박나무 껍질로 만든 엿이라는 얘기도 있다. 어쨌거나 그때 일을 떠올리며 내가 히죽이 웃었다.

"허허허, 이놈이 시방, 마루에 함께 앉고 보니 네가 벌써 사람이라도 된 줄 아느냐?"

스님이 혹시 바보가 된 게 아닐까? 나는 그런 생각까지 했다. 아무 때나 웃는 게 수상했다.

여시에 홀리듯, 스님들도 화두를 잘못 들고 앉아 있다가 크게 몸을 상하거나 선무당 같은 얼치기로 전락한다는 말을 들은 적이 있었기 때문이다.

"이놈아, 엉뚱한 생각 말고 들어라. 어불성설語不成說에 언어도단言語道斷이요 불립문자不立文字라, 이건 내가 네놈에게 하소연하는 얘기에 다름 아니다만. 허허! 말로는 설명할 수 없고, 언어로는 그 오묘함이 끊겨버리니 도저히 문자로는 나타낼 수 없는 게 도道라 했거늘! 허허허, 내가 시방 이 무한한 도를 문자로 세워 전하려고 종일 낑낑거리고 있단 말이다. 말꼬투리만큼이라도 짐작이 되느냐?"

불가에서는 불도에 대해 말하지 말고 글로 쓰지도 말라고 하는데 대중들을 위해 애써 일부러 글을 쓴다는 뜻으로 들렸다. 스님은 여전히 지난한 길들만 찾아가시는 듯했다.

귀뚜라미 한 마리가 어디선가 톡 튀어 마루로 올라섰다. 녀석은 나와 눈이 마주치자마자 소스라치게 놀라며 폴짝폴짝 날뛰었다.

"어허, 염불 스님! 두려워하지 말고 어서 독경이나 계속 하시구려."

스님께서 귀뚜라미를 진정시켰다. 그때 정말 놀랄 만한 일이 일어났다. 방금 전까지 죽자 사자 날뛰던 귀뚜라미가 잠시 앉아서 숨을 고르더니 낭랑하게 울기 시작했다. 또르르, 또르르! 내가 그 울음을 마치 환청이라도 듣듯, 경문 읊는 소리로 들었다면 믿을 수 있겠는가? 누가 믿든 말든 상관은 없다. 우리 스님만큼은 당신이 듣는 경문 그대로 나도 듣고 있다는 사실을 이미 알고 있었다.

"허허허, 그래 됐다. 너와 나 사이 얘기는 나중에 네가 쓰면 될 일이야. 아하하하!"

좀 전에 내가 삐졌던 사실을 떠올렸는지 스님이 이상한 말씀을 곁들이셨다. 내가 글을 쓴다고…? 어이가 없어진 나는 제대로 들었는지 알 수 없어서 두 갈래로 나뉜 왼쪽 귀를 긁적거리기만 했다.

스님은 가만가만 고개를 끄덕였을 뿐 더 이상 말씀이 없었다.

그날 밤을 불일암에서 묵고, 다음, 다음날까지도 사흘을 꼬박 거기서 지냈다. 스님은 방에서 자라고 이불까지 펴주었지만 나는 한사코 거절했다. 그러면 마루에서라도 밤을 지내라고 꾸짖었을 때도 듣지 않았다. 차라리 돌아가겠다고 고집스럽게 버텼다.

스님 시봉을 드는 이가 하루 서너 차례 다녀갔지만 마주칠 일은 없었다. 그도 역시 스님이었는데, 일정한 시각에만 드나들었기 때문이다. 혹시라도 내가 깜빡 잊고 해찰이라도 하면 스님이 내 어깨를 툭 치며 웃으셨다. 어허허허, 아하하하! 그러면 나는 얼른 숲속에 몸을 숨기곤 했다.

참으로 아름다운 가을날 사흘이었다. 바람이 없는데도 나뭇잎들은 스스로 지고 있었고, 여치나 귀뚜라미는 숲속에 깃든 다른 염불 스님들과 더불어 목탁을 치면서 맘껏 경문을 읊었다. 가수들이 부르는 노래 같았다.

때그르르! 나무 사만다 옴 도로도로 지미 사바하, 나무 사만다 옴 도로도로 지미 사바하, 나무 사만다 옴 도로도로 지미 사바하[9], 딱때구르르!

나는 불일암에서 묵는 동안 눈에 띄게 늙어가는 걸 확연히 느낄 수 있었다. 더불어 묘하게도 몸이 가벼워지는 일도 경험했다. 이제야말로 소문으로만 들었던 경공술을 익히게 되는 걸까? 부앙부앙한 상상조차 즐거웠다.

---

9) 천수경, 오방내외안위제신진언伍方內外安慰諸神眞言

암자에 남아서 스님을 호위하는 사천왕 휘하의 하급 무사라도 되고 싶었다. 그러나 사흘째가 되자 스님은 내 등을 떠밀었다. 그리고 나를 앞세운 스님은 산문을 지나 산책길이 끝나는 멀리까지 나를 배웅해 주셨다.

"지금까지 참으로 먼 길을 오셨네. 이제 길이 끝나는 게 보이시는가?"

법정 스님은 웃지도 않고 말씀하셨다. 세 번의 만남, 그 인연 끝에 스님이 내게 들려주신 마지막 선문답이었다.

37

아리는 스물넷이 되던 봄에 결혼했다. 학교도 아직 졸업하지 않았을 때였다.

언니보다 빠를 수는 없는 법이라며 유리는 일부러 거칠게 반대를 했다. 훼방을 함으로써 결혼이 부정 타지 말라는 일종의 풍속이었다. 그리고 누가 봐도 동생보다는 언니가 먼저 결혼할 것이라고 믿어 의심치 않았기 때문에 유리가 벌인 쇼는 유쾌했으며 설득력도 컸다.

신랑은 언젠가 아리와 함께 나를 찾아왔던 그 남학생이었다. 혼인은 전통 방식을 고집한 엄마 뜻을 존중해서 승달산 아래 그 애네 마당에서 열렸다.

"고등학교 입시 때 생각나니? 우리 온 식구가 뿔뿔이 흩어져서 학교 교문 앞에 붙일 엿을 팔러 다니던 일들 말이다.

나는 그래서 엿 공장이 있는 우리 집에서 식을 올렸으면 한
다. 엿처럼, 너희가 서로 진득하게 떨어지지 않고 살았으면
하는 마음 때문이야."

"엄마, 그럼 나도 아리처럼 여기서 식을 올리게 해줘요."

"이제는 엿 공장을 닫을까 하는데, 그래도 뭐 괜찮겠지?"

"그럼요, 엄마."

바람결에 들린 소문을 듣고 나도 그날 승달산을 찾아갔
다. 몹시 휘청거리며 느릿느릿 옮긴 발걸음이었다. 결혼 소
식을 들을 수 있었던 건 내겐 크나큰 행운이었다. 바람결 얘
기를 굳이 꺼낸 이유는 따로 있다. 아무래도 이 기회에 우리
여시들이 바람을 통해 먼 데 소식을 듣는 방법 한 수를 전수
해야겠다.

흔히 소음이라고 말을 하지만 소음이라는 것은 여러 소식
이 중구난방으로 뒤섞여 있다는 사실을 우선 알아둘 필요가
있다. 말하자면 비 내리는 소리와 자동차 지나가는 소리, 고
양이 울음, 이웃집 아이가 책 읽는 소리 등이 모두 한데 합
쳐지면 그게 소음이다.

얽히고설킨 실타래를 풀 듯, 이 소음의 가르마를 낱낱이
탈 수 있다면 우선 성공이다. 그런 뒤에 소릿결을 따라가면
서 그 시작과 근원을 찾아 나서면 끝이다. 바람의 소리를 들

는 요령은 그렇게 단순하다. 단, 아주 세심한 집중이 필요하다. 귀가 큰 우리 여시들도 더러 소리의 바탕을 놓치는 경우가 많으니까.

비록 그렇게 장담을 했어도 나는 초례청에 기러기 대신 올라앉은 수탉을 보고 크게 후회한 게 사실이다. 조금만 더 신경 써서 바람결에 귀를 기울였더라면 산 채로 기러기 한 쌍쯤 잡아서 선물할 수도 있었을 텐데, 하고 말이다.

어쨌거나 내가 하객으로 참석할 수는 없었다. 그래서 나는 멀리, 옛적 아리네 콩 밭둑에 몸을 숨기고 지켜보았다.

"신랑 추울出!"

느리게 빼는 집사의 지시를 따라 신랑이 초례청 앞으로 걸어 나갔다. 보나 마나 그의 얼굴에는 눈치코치 없이 웃음 꽃이 번져 있을 게 틀림없다.

"신부 추우울!"

나는 그때 일부러 눈을 감았다. 아리를 보고 싶지 않은 건 아니었다. 너무나도 보고 싶어서 눈을 감았던 것이다. 내가 예상했던 대로 아리는 정말 눈부셨다. 홍청 두 빛깔 화촉이 밝혀진 가운데 똑같은 두 색깔의 원삼 족두리를 입고 쓴 아리는 이제 막 우화하는 나비처럼 보였다. 그 순간의 나비가 얼마나 아름다운지, 우리 여시들만큼 아는 사람이 과연 있을까?

하객들의 환호가 끊이지 않았던 만큼, 신랑의 웃음도 그치지 않았을 것은 자명하다. 내가 그렇다고 해서 무슨 돼먹지도 않은 불만을 품은 건 아니다. 앞에서 밝혔듯이 나는 스스로 축하하러 먼 길을 힘들게 찾아온 여시 하객이니까 말이다. 다만 아리는 전통 혼례식에서는 으레 그렇듯이 내내 표정이 굳어 있었던 듯하다. 그게 내 마지막 순간까지 남았다.

"뭐라고? 꿩을 잡아 오겠다고?"

아리와 처음 만나던 날이 떠올랐다. 일부러 떠올렸다. 하나의 삶은 저무는데 또 다른 삶은 피어난다. 그리고 지금 이 순간에도 해가 뜨고 저무는 일은 끊임없이 계속된다. 나는 세상을 아주 조금쯤은 이해할 것도 같았다.

농담이라고는 했지만, 아리가 그때 했던 말을 돌이켜보면, 가슴속의 말들은 일단 하고 봐야 된다는 생각이 든다. 발설되지 못한 말들은 모두 썩은 씨앗이나 다름없다. 아리의 말은 아리의 입 밖으로 나와 세상에 뿌려졌기 때문에 우리 인연을 키울 수 있었다.

— 이제 영영 끝일 테니, 잘 가. 아리야, 아리야. 한 번은 보고 싶지만….

결혼식이 끝날 때쯤 내가 혼자 중얼거린 말이었다. 정말이지, 중얼거렸을망정 발설하기를 잘했던 것 같다. 아리가 고개를 들어 콩밭을 바라보는 순간, 우리 눈이 마주쳤던 것이다.

"호야, 아, 호야!"

아리의 귀밑머리 아래로 땀방울이 솟아나는 게 눈에 들어왔다. 누구의 땀이든, 한세상 살아오면서 내가 늘 아름답다고 여겼던 그것이었다. 확실하지는 않지만 아마 그 순간 내 눈에도 눈물이 고였을 게 분명하다. 나는 그렇게 기억에 새겨두기로 했다. 나중에 떠오를지도 모르지만…. 하여튼 우리는 영화의 한 장면처럼 다시 만났다.

"오늘 밤은 여기서 자고, 내일이면 난 서울로 가야 해. 그러니까, 지금이라도 여기 집에 들어와서 살지 않을래? 나중에 언니까지 결혼하면 엄마는 내가 모시고 살기로 했어. 그 약속 때문에 내가 남편 프러포즈를 받아들인 거야. 그때까지만 우선 이 집에서 지내다가 함께 서울에서 살면 되지 않겠니? 너를 두고 내가…."

아리가 나를 제 가슴에 품고 통곡을 했다. 시집가는 날 신부의 눈물은 미덕이라고 한다. 그래서 나는 비교적 넉넉한 심정으로 그 애의 눈물을 받아들였다. 하지만 아리의 제안을 따를 수는 없었다. 젊은 날 그때로 돌아간다면 혹시 몰라도… 아니다. 다시 그날로 돌아간다고 하더라도 마찬가지다.

나는 힘들게 아리의 품에서 빠져나왔다. 아리 가슴은 세상에서 가장 따뜻하고 푸근한 인간의 가슴이 틀림없었지만 마냥 그러고 있을 수는 없었다. 나는 앞발을 들어 어서 가라고 손짓, 발짓을 했다. 때마침 아리의 남편이 달려왔다. 나는 그에게 고개를 숙여 축하했다.

"호야, 걱정하지 마. 내가 아리를 이 세상 누구보다도 행복하게 해줄게."

그가 당연한 장담을 했다. 아니, 나도 그러리라고 믿는다. 그래서 또다시 고개를 숙여 축하하고 감사 표시를 했다. 그가 내 머리를 쓰다듬었다.

멀리, 아리네 마당에 모인 사람들이 일제히 우리를 건너다보고 있었다. 정들자 이별이라고 했던가? 이건, 아리 얘기가 아니다. 마을 사람들도 벌써부터 내 존재를 알고 살갑게 대해주곤 했다. 그들과의 이별을 두고 하는 말이다.

"사랑해, 호야. 너 때문에 내 어린 날들이 행복했어."

자기 남편에게 해야 마땅한 말을 아리가 나한테 하고 말았다. 그건 내가 아리에게 해야 하는 말이기도 했다. 역설 같은, 언어도단의 고백에 늙은 내 눈에서도 이윽고 눈물이 마구 쏟아지기 시작했다.

38

노래 삼긴 사람 시름도 하도 할샤
닐러 다 못 닐러 불러나 푸돗던가
진실로 풀릴 거시면은 나도 불러 보리라[10]

아리와 헤어지고 터덜터덜 돌아오는 길에는 달빛이 내렸
다. 결혼식 마당에서 술 한 잔 얻어 마신 적이 없는데도 취
기가 느껴졌다. 나는 술에 취해서 귀가하는 늙은이들처럼
흥얼흥얼 옛시조 한 수를 읊었다.

길을 오가는 행인들에게 덜 두렵고 그리 위협적이지도 않
은, 이른바 '여우들의 시간'이 왔다. 우리 여우들의 시간을

---

10) 신흠申欽 옛시조

두고 누군가는 개들의 시간이라고 터무니없는 말을 지껄이 기도 한다. 놈들의 시간은 따로 정해져 있는 게 아니라 온밤 내내 질펀하게 널려 있다. 집을 지키지 않고 만약 졸기라도 하는 놈이 있다면 그건 개도 아니다. 지금은 우리 여시들의 시간이다.

돌이켜보면 내 한 생애는 노래와 함께 했다고도 할 수 있 다. 랑만 해도 진정한 가수였고, 아리와 유리 그리고 그 애 들 엄마를 통해서도 나는 노래 가까이에서 살았다. 이건 도 대체 어디에서 비롯된 인연일까? 내가 이따금 궁구해 보는 것처럼 내 친엄마로부터 받은 유전자 같은 것일까? 모르겠 다. 나는 끝내 그걸 풀지는 못했다. 아니, 이제는 내 생모가 누군지는 아무런 관심도 없는 나이가 되었다.

— 내 나이가 시방 얼마였더라…?

평생 셈해본 적도 없는 내 나이가 느닷없이 궁금해졌다.

— 가만있자! 전쟁이 끝난 게 53년이고, 그러니까….

머릿속이 혼란스러웠다. 전쟁이라는 말 때문인지도 모르 겠다. 지금도 그 전쟁은 완전히 끝난 게 아니다. 그칠 줄 모 르고 나라 안을 휩쓰는 독재정치의 광풍 역시 끔찍한 전쟁 의 기억을 담보로 펼쳐지고 있지 않은가?

걸음을 잠시 멈추고 발가락으로 나이를 꼽아보는데도 자 꾸 헷갈렸다. 그래서 나는 그냥 발가락이 곱은 탓이려니 여기고 편하게 생각하기로 했다. 하여튼 스물 언저리는 틀림없는 것 같았다. 인간 나이로 치자면 아흔아홉이 아니면 백이리라.

— 어허, 호옹狐翁! 많이도 자셨네그려. 만수무강하셨으이.

흐뭇해져서 내가 혼잣말을 했다.

아리는 지금쯤 신방에 들었을까? 아직은 좀 이를 것 같다. 국수를 삶아서 손님들을 대접하고, 이제 설거지를 마치고, 입가심으로 수수엿을 녹이고 있을 시간 같다. 어디선가 진짜로 국수 냄새가 풍겨온다. 국물에 남해안 멸치를 듬뿍 넣었는가보다.

꼬르륵! 내 배 속이 운다. 오늘은 말할 것도 없고 어제와 그제도 나는 아무것도 먹지 않았다.

국수가 몹시 그리워진다. 술은 아니더라도 아리네 잔치 국수 한 사발이라도 얻어먹었더라면, 하는 부질없는 후회가 앞선다.

아니다. 국수가 그리운 건 아니다. 식구들이 둥근 소반에 둘러앉아 저마다 한 그릇씩 후루룩거리며 국수를 먹는 풍경, 그런 모습들이 그리울 뿐이다. 그리워도 그냥 그리운 게 아니라 사무칠 정도로.

처음에는 지리산으로 돌아가려고 작정했지만 그곳은 너무 멀다. 순천 송광사 쪽도 마찬가지다. 그렇다고 아리네 헛간에서 하룻밤을 신세질 수도 없다. 오랫동안 살아왔던 승달산 옛집이 없는 것도 아니다. 하지만 그곳으로는 왠지 가고 싶지가 않다. 언젠가 내가 죽을 때가 되면 한번 돌아봐야 할 곳이긴 해도….

— 여기가 어디쯤일까?

내가 왜 그걸 궁금해했는지 모르겠다. 갑자기 알지 않으면 안 될 것처럼 여겨지기도 했다. 그래서 나는 젊은이들 특유의 기질 그대로 궁금증을 이기지 못하고 인간들의 마을 근처로 내려가 간판들을 훑어보았다. 거기에 술도가 한 채가 있었다.

— 아하, 알았다!

법정 스님과 함께 모처럼 엄마 얼굴이 떠올랐다. 생각해 보면 스님이 목포 집 대문을 떠나오던 날, 똑같이 나도 그날 굴을 떠났었다. 그런데 스님은 그새 대각을 해서 그물에도 걸리지 않는 바람이 됐고, 나는 내 몸 하나도 버거워하는 신세가 됐다.

— 엄마, 아, 엄마!

어찌됐든 그때 엄마에게 돌아간 건 백 번 생각해도 잘한 일이다. 물론 스님이 돌아가라고 격려했기 때문이기도 하지만… 나는 근처 어딘가에 있을 옛날 그 동굴을 찾아 발걸음을 옮겼다. 돌이켜보니 그날도 스님과 나는 하룻밤을 같이 보냈다.

— 이젠 신방에 들겠지. 굳이 이름 붙이자면 '늑대들의 시간'쯤 됐으니….

왜 자꾸 그런 생각이 맴도는 것인지 알 수 없었다. 짓궂은 아낙들은 신방의 창호지를 뚫어 엿보려고 덤비고, 아마도 든든한 그 애 언니가 그들을 막아설 게 틀림없다. 그러고는 내심 자기도 궁금해져서… 나는 엉뚱한 상상으로 즐거워져서 혼자 웃었다.

— 철커덕!

스님과 함께 묵었던 작은 굴이 코앞에 나타났다. 내가 동굴을 확인하는 아주 행복한 순간에 그 소리는 들려왔다. 그리고 총성이 들리기까지는 그보다 더 짧은 순간이었다.

나는 내 방심을 탓하지는 않는다. 때가 됐음을 알았을 뿐이다. 갑자기 무슨 거창한 깨달음 같은 게 왔다. 엄마도 아리도, 랑과 스님까지도 그들 모두가 내 삶을 함께 이루었다는 깨달음이었다. 누가 됐든 하나의 생애는 인연이라는 이름의 벽돌로 쌓아 올린 탑이라는 것, 그리고 그걸 아는 순간에 비로소 죽음이 찾아온다는….

총을 맞은 자리까지도 마저 밝혀야겠다. 어린 시절 새총을 맞았던 곳, 누군가를 낭떠러지 아래로 떨어뜨리면서 부상을 입었던 자리, 바로 그쪽 어깨였다. 그래서 나는 찢어진 왼쪽 귀 아래 왼쪽 어깨에 대한 수수께끼도 다 풀었다.

마지막 힘을 끌어모아서 나는 내가 살던 언덕을 향해 고개를 돌리려고 애썼다. 그러다가 그 별, 북극성이 한눈에 들어왔다. 내가 지내온 세상의 모든 날들이 그 별 하나에 영화처럼 상영되고 있었다. 그리고 그렇게 느낀 어느 한순간, 마치 눈물을 흘리기라도 하듯, 별이 반짝 빛났다.

비나리를 해야 한다면 바로 지금뿐이라는 사실을 나는 직감했다.

아주 인간적인, 아니 여우적인 한계라고 해도 좋다. 무엇인가를 원한다면 시간에게나 빌어야 한다던 말을 바람에게 진작 들었음에도 불구하고….

— 칠성님! 행복했던 축생 하나의 영혼을 이제 내어놓으니 거둬가소서. 불초를 감싸고 있던 육신은 어디든 음습한 골짜기에 버리시되… 원컨대, 소생으로 하여금 여우 가죽을 뒤집어써야 하는 생명으로는 다시 소용하지 마시옵기를!

아주 빠르고도 난폭한 회오리바람이 불어왔다. 고집이 센 느낌을 주는 바람이었다. 머뭇거리는 일말의 기척도 없이 그 바람이 내 영혼을 집어삼켰다. 아주 짧게, 스님이 말씀하셨던 어떤 끝이 희미하게 보였다. 나는 그걸 놓치지 않고 다 보았다.

39

  태어나서 백일, 부모님은 나에게 성대한 백일상을 차려주
셨다고 한다. 얼마나 거창한 상차림이었는지 내가 기억하고
있을 리는 만무하다. 내 기억에 없을 것이기 때문에 부모님
께서 입만 여셨다 하면 그때마다 성대했다는 말을 빠뜨리지
않는지는 몰라도… 하지만 그 사실을 증명할 증거품이 하나
있다.

  백일상을 앞에 두고, 내가 몹시 칭얼거리면서 울어댔던
모양이다. 아무리 어르고 달래도 소용없었다고 했다. 그때
우리 이모가 혹시나 하고는 자기가 선물했던 물건 하나를
상에서 집어 올려 내 앞에 내미셨단다. 그러자 마치 기다리
고 있었다는 듯 내가 울음을 그치더라는 것이다.

  내 울음을 뚝 그치게 만든 선물은 어른의 주먹만큼이나

큰 여우 조각상이었다. 백금 백 돈을 들여 이모인 송유리 여사가 특별 주문했다는 여우였다. 그러니 고려청자 식으로 이름을 붙여보자면 금제백호입상金製白狐立像이었던 셈이다.

"얘 봐. 벌써부터 금을 밝히면, 나중에 얼마나 큰 부자가 되려고…."

"에효, 언니. 어떻게 그런 얘기까지…."

이모가 눈을 동그랗게 치뜨며 감탄하고 우리 어머니는 탄식을 했다. 하지만 누가 그 나이에, 나이랄 것도 없는 시기에 금을 알겠는가? 그렇다면 갓난애가 관심을 가졌던 건 혹시 여우라는 짐승의 형태는 아니었을까 한다. 아이들은 아주 어릴 때부터 본능적으로 동물에 관심을 보이니까.

실제로 우리 어머니는 내가 어릴 때부터 여우 얘기를 자주 들려주셨다. 여우가 꿩을 사냥해서 선물했다는 얘기, 여우와 더불어 엿을 팔러 갔었다는 얘기, 그리고 자기 결혼식에도 여우가 왔었다는 얘기까지.

도대체 누가 그런 황당무계한 동화를 믿을 수 있을까? 그런데 우리 어머니 얘기를 아무나 덮어놓고 무시하려고 했다가는 건강상 곤란해질 수도 있다. 어머니는 의사였으니까! 물론 건강과는 아무런 관계도 없는 동화였지만, 나는 아들 된 특권으로 종종 노골적으로 믿지 않는다는 표정을 지었다. 좀 더 나이가 들어서는 어머니가 여우 얘기를 하실 때마다,

마음속으로 어머니의 이름을 왜곡해서 부르기도 했다. 본명인 송아리 대신 송아지나 송사리라는 별명으로 말이다.

어머니가 들려준 얘기 가운데 그나마 믿을 만한 대목이하나 있기는 하다. 여우의 죽음 얘기였다. 아마도 죽어버렸다는 내용이 어린 나에게도 조금쯤은 짠하게 느껴졌기 때문인지 모르겠지만.

"네 아빠와 나는 목포 외할머니 댁에서 결혼식을 올렸단다. 그런데…."

아버지까지 계신 자리여서 나는 의심하지 않으려고 귀를기울였다. 두 분 다 의사였으니까 허투루 들었다가는 왠지건강에 크게 해로울 것 같았다. 어머니는 당시 일을 떠올리며 차오르는 눈물을 막으려는 듯 한참 동안 숨을 참았다가이내 호흡을 가다듬고 이야기를 이어갔다.

다음 날 일어나보니 신문과 방송이 난리가 났더라. 남도는 물론이고 우리 남한에서 어쩌면 마지막일지도 모르는 여우가 사냥꾼이 쏜 총에 희생이 됐다고 말이지. 난 아주 불길한 예감이 들었단다. 그래서 너희 아빠를 졸라 경찰서를 찾아갔지.

내가 그날 흘린 눈물은 그 이전과 이후를 합친 것보다 아마 천 배는 넘을 거야. 나는 한눈에 여우를 알아볼 수 있었단다. 바로 우리 호였으니까.

총알은 호의 왼쪽 견갑골을 뚫고 왼쪽 흉부 쪽으로 빠져나갔더라. 나는 그 모습을 보자마자 거의 정신을 잃고 네 아빠를 향해 울부짖었지. 죽은 호나마 집으로 데려가자고…. 경찰은 당연히 안 된다고 했지. 범죄와 직접 관련된 증거라는 이유였어.

할 수 없이 우린 집으로 돌아와서 어떻게 해야 하는지 온갖 궁리를 다 했단다. 알아보니까 조사가 다 끝나면 그냥 소각해 버린다는데 나는 절대 그렇게 되도록 두고 볼 수는 없었어. 그래서 경찰서를 찾아가 부탁하고 또 부탁했지. 다음 날도 그다음 날도 말이다. 그러던 가운데 옛일 하나가 떠오르더라.

호와 함께 동물병원 앞으로 엿을 팔러 갔을 때 일 말이야. 급히 네 이모를 불러서 다시 갔지. 다행히 경찰 하나가 그때 일을 떠올리더구나. 그냥 자기도 전해 들었을 뿐이라는데 네 이모는 옛날 일을 그대로 재연해 보이기까지 했어. 울릉도 호박엿은 태풍 땀시 못 와불고라, 목포떡 쑤시엿이 왔당께라! 하고 말이야.

우리는 그때 그 여우가 바로 이 여우라고 울면서 또 사정했지. 거기다 네 아빠가 아주 그럴싸한 제안을 했단다. 남도 최후의 여우니까 유전자 검사를 해서 자료를 기록으로 남기겠다고, 그리고 박제로 만들어 보관할 필요가 있지 않겠느냐고 말이야. 네 아빠, 멋지지?

그 후 벌어진 화재 사건에 대해서는 외할머니에게 들어서 나도 잘 알고 있다.

부모님 뜻대로 호는 박제로 탈바꿈을 했다. 총알이 빠져나간 흉터는 어머니가 직접 흔적 하나도 남기지 않고 꿰매셨고… 박제는 외할머니 댁에 임시로 보관했다. 그리고 외할머니가 집을 팔고 우리 집으로 옮겨 오시기 하루 전에 사고는 발생했다.

이삿짐을 정리하러 왔던 인부들 가운데 한 사람이 엿틀을 제거하는 용접을 했다. 엿 공장도 이제 끝나는 날이었다. 그는 원래 부주의한 사람은 아니었다. 다만 방심을 좀 했을 것이다. 불타는 쇳가루가 짐들을 정리하고 남은 쓰레기와 목재들 사이로 날리는 것을 그는 보지 못했다. 실내가 어두운 데다가 보호안경을 착용하고 있었기 때문이다.

불은 순식간에 집을 태우고 말았다. 어쩌면 이사를 간다고 들떠 있었을지도 모르는 호의 박제도 그날 불에 타 자취도 없이 사라졌다. 풍성한 꼬리털 때문에 다른 무엇보다도 먼저 탔을 정도였다. 사람이 화상을 입지 않은 게 그나마 다행이었다.

내가 백일상을 받기 불과 한 달 전 일이었다고 한다.

"얘, 이 화재는 호가 일으킨 거라고 난 믿어. 그 애 기질을
잘 알잖니. 서울까지는 오고 싶지 않았던 거야."

이모가 이모다운 독특한 논리로 어머니를 위로했다. 우리
나라 연예기획사 1세대 사업자로 회사를 키운 송유리 사장
답게… 그리고 이모는 앞서 얘기한 것처럼 백금 백 돈에 이
르는 통 큰 여우 조각상을 주문 제작해서 우리 어머니에게
내밀었다. 그것으로나마 어린 날들을 함께 했던 여우를 추
억하라는 뜻이었으리라. 그게 내 백일 선물이기도 했다.

여우 조각상은 지금 내게 남아 있지 않다.

1997년 금 모으기 운동이 전국적으로 들불처럼 일어나자
나는 그걸 기꺼이 기부했다. 미련이 아주 없지는 않았다. 그
러나 생각을 거듭할수록 꼭 그래야만 할 것 같았다. 당시 대
통령이 김대중이어서 그랬다면 좀 더 이해가 빠를지도 모르
겠다. 그 여우는 대통령과 고향이 같다는 공통점이 있었다.
물론 내 어머니와 이모, 외할머니도 마찬가지였지만….

그러니 만약 기부를 하지 않고 버틴다면 두고두고 후회할
게 분명했다.

40

사람에게는 누구나 생애 최초의 기억이 있다. 아름답거나 슬프거나 혹은 아픈….

당신들의 첫 기억은 아름다운가? 만약 누군가가 똑같은 질문을 나에게 던진다면, 나는 아주 혼란스럽다고 답을 해야 할 듯싶다.

내 첫 기억은 앞서 말한 백일 잔칫상은 아니다. 어머니가 나를 안고 전주동물원을 찾아간 날의 단편적인 토막들 속에 있다. 두세 살 무렵의 일이었을 것이다.

무슨 특권이 있었는지는 몰라도 어머니는 그때 여우 막사 안까지 들어가셨던 것 같다. 호랑이와 코끼리, 기린, 사자 들을 다 보기도 전이었다. 내가 정신을 차리고 보니 어머니는 어떤 여우를 향해 아는 체를 했다.

"잘 지냈니? 오랜만이라 염치가 없구나."

어린 내가 보기에도 그 여우는 아주 나이가 많아 보였고, 무엇보다 세상에 대한 아무런 관심도 없는 것처럼 느껴졌다. 그런 여우가 엄마 인사를 받자마자 조금은 생기가 돌았던 것 같다. 하여튼 나는 그렇게 기억한다.

"우리 아들이란다. 너를 만나게 해주려고 같이 왔지."

어머니가 나를 소개했다. 바로 그 순간이 내 생애 첫 기억으로 저장되었다. 처음에는 그 여우가 그냥 심상한 표정으로 나를 바라보았던 것 같다. 그런데 나와 눈이 마주치던 순간, 그 애 눈이 반짝 빛났다. 그리고 이내 눈물방울이 떨어져 뾰족한 콧등을 적셨다.

여우가 천천히 우리 쪽으로 다가왔다. 한쪽 발을 절고 있었고, 금방이라도 쓰러질 듯 위태로운 걸음이었다. 가까이 다가온 여우는 어머니와 내 앞에 이르자 불편한 앞발을 들어 보였다. 나는 아무런 두려움도 느끼지 않은 채 여우에게 손을 내밀었다. 어머니도 특별히 걱정은 하지 않으셨던 것 같다. 여우가 눈물 그렁그렁한 눈으로 내 손바닥을 오래도록 핥았다. 그 혀의 느낌, 까끌까끌하면서도 축축하던 느낌은 아직 나에게 온전하게 남아 있다.

그 여우는 곤충이나 파충류를 비롯한 모든 동물들 중에서도 내 기억으로 각인된 첫 생명체가 돼주었다. 집 안에서 흔히 볼 수 있는 파리나 모기, 나비, 새들을 망라해도 최초의 동물이었던 셈이다. 그런데도 이 기억은 그저 희미하고 또 불확실한 게 틀림없어서 나는 어머니의 얘기까지 쉽게 믿으려고 하지는 않았던 것 같다.

나이가 더 들고, 나는 내 생애 첫 기억이 고스란히 저장된 장소를 가보고 싶어졌다. 전주동물원을 찾아간 건 순전히 그 때문이었다.

겨울이었다. 어머니와 이모가 다친 여우를 보러 처음 전주를 찾은 날이 몹시 추운 날이었다는 말이 떠올랐다. 한옥 소슬 대문 형상으로 세워진 동물원 입구에는 어묵을 끓여 파는 행상과 각종 동물 인형을 판매하는 트럭, 그리고 군밤 장수도 있었다.

"아, 자료가 남아 있을지 모르겠습니다."

"꼭 좀 찾아주십시오."

동물원 관계자는 나를 선선히 응대했다. 생각 같아서는 꿩엿이나 수수엿을 사들고 왔을 테지만 그런 이름의 엿은 기억하는 사람조차 많지 않았다.

"여기 있습니다!"

젊은 직원이 환호성을 내질렀다.

자료에 따르면 내가 찾는 그 여우는 분명 거기 기록으로 남아있었다. 이름이 깽이였다는 것도, 앞발을 누군가에게 심하게 물어 뜯겨서 의족을 착용했으며, 새끼를 처음에는 네 마리 낳고 다음에는 일곱 마리까지 낳았다는 사실까지도.

"그런데 죽은 날짜는 언제죠?"

나는 흥분한 채 소리쳤다. 기록은 이미 눈에 들어오지 않았을 것이다.

"여기 적혀 있지 않나요?"

스스로 주체할 수 없는 어떤 격한 감정으로 나는 밖으로 뛰쳐나와 어머니에게 전화를 했다. 송아리 여사는 한참 만에 전화를 받았다.

"어머니, 어머니가 나를 안고 전주동물원에 온 게 언제였어요?"

"너, 그걸 다 기억하니?"

"아. 빨리, 빨리 말해줘요."

"내 얘기를 이제야 제대로 믿는 모양이구나? 그게 네 두 살 때 생일이었잖니? 그런데 왜 갑자기…."

전화를 끊고 깽이라는 이름의 여우가 죽었다는 기록을 다시 확인해 보았다. 우리 어머니 얘기가 사실이라면, 그리고 동물원 측 기록이 거짓이 아니라면 그 여우는 우리가 찾아 갔던 날, 그러니까 내가 두 살 되던 생일에 죽었다.

내 생일에, 나를 만난 직후, 깽이는 죽었다!

아, 할 수 있는 데까지 기억을 좀 더 살려봐야겠다. 그날 내 손바닥을 핥았던 깽이가 다음에 했던 행동은 무엇이었더라?

불가능한 기억의 영역으로 들어서기 위해 나는 애를 썼다. 어머니 품에 안긴 채 여우와 헤어지면서 한참 동안 돌아봤던 것 같기는 하다. 물론 그것도 확실하지는 않다. 그렇다면 그때 깽이가 보인 어떤 특이 반응은 혹시 없었을까?

늪 속에 잠겨 드는 사람처럼 막막한 내 앞으로 갑자기 머릿속을 헤집고 가는 바람이 불어왔다. 뭔가 몰라도 이 장면에는 아마 내 인생을 암시하는 수수께끼의 열쇠 같은 게 숨어 있을 거야! 그리고 그게 내 생애에서 가장 중요한 순간일 수도 있겠다는 생각이 들었다. 하지만 아무리 해도 기억 찾기는 쉽게 진전이 되지 않았다.

혹시 어머니에게는 남은 기억이 더 있지 않을까? 다시 전화기를 꺼내 들었다.

"글쎄다. 나한테도 이젠 스무 해가 넘은 일이라서 가물가물하구나."

어머니는 처음에 좀 실망스러운 말로 운을 떼셨다. 그리고 어머니도 나처럼 기억의 영역으로 들어가기 위해 씨름을 하느라고 한동안 침묵했다.

"아, 맞다. 그랬구나!"

어머니가 이내 발설할 한마디 말의 열쇠로 과연 비밀이 풀릴 수 있을지, 핸드폰을 잡은 내 손이 심하게 후들거렸다. 나는 전화기를 놓칠까 봐 두 손으로 꽉 움켜쥐었다.

"돌아서서 나오는데, 이제 생각이 났다. 그렇지! 거기 직원이 그러더라. 깽이가 아이를 따라가고 싶은가 봐요…. 그래서 뒤돌아봤는데, 아 글쎄, 깽이가 막사 철망까지 따라 나와서 그걸 붙들고 사람처럼 서 있더라. 난 그게 신기해서 너도 좀 보게 하려고 했지. 그런데 어땠는 줄 아니? 넌, 한 번도 고개를 돌린 적 없이 내내 깽이와 눈을 마주치고 있었던 거야. 그때 깽이가 작별 인사라도 하듯 캥캥, 하고 짖더라니까?"

새벽이 되어 잠에서 막 깨어나는 순간처럼, 어떤 기미 하나가 다가왔다. 그래서 나는 간밤 꿈을 혼신을 다해 기억해내듯, 그 기미를 열쇠로 삼아 완강하게 버티던 마지막 기억의 문을 열어 재끼는데 성공했다.

"생각났어요! 미안하다고 했어요. 깽이는 그때 나한테 그랬어요. 미안하다고!"

41

전주동물원을 나오면서 나는 작정하고 또 약속했다. 어머니와 이모, 그리고 외할머니와 아버지까지, 모든 이들의 기억을 끌어모아 글을 쓰기로 가족들에게 선언한 것이다.

내 얘기를 듣고 제일 기뻐한 사람은 이모였다. 역시 송유리 사장이었다. 이모는 내 글이 완성되면 영화로 제작하겠다면서 당장 계약을 하자고 닦달하기도 했다. 꿈을 꾸기도 전에 해몽부터 하는 격이었고, 아이는 아직 태어나지도 않았는데 장차 백일잔치를 위해 지금 미리 식장부터 예약하자는 식이었다.

외할머니의 엿 공장은 흔적조차 남아있지 않았다. 외가였다는 자리에는 높은 빌딩들이 늘어서 있었기 때문이다. 유달산 허리께 이난영의 노래비에서는 '목포의 눈물'이 흘러 나왔다. 승달산에서는 호가 살았다는 굴도 찾아냈다. 확실 하지는 않지만 그곳이 틀림없으리라고 믿는다. 어머니와 함 께 확인한 사실이었으니까… 물론 어머니의 기억도 흐릿하 셨지만.

외할머니 조언도 필요했다. 아주 연로해지셔서 시급히 얘 기를 청해 들어야만 했다. 불쑥 나에게 묻는 질문도 엉뚱하 기 짝이 없을 때였다.

"얘야, 너 혹시 전생에 여우 아니었느냐?"

"전생이라니요? 그승에 말이에요?"

"아니, 네가 그런 말을 어찌 아는데?"

"그냥 아는 것들을 아는 거죠, 머. 그런데 왜 하필 여우예 요?"

"네가 어릴 때부터 여간해서는 사람 말을 믿지 않았으니 까 그러지. 여우가 본래 의심이 많은 동물이거든."

"에이, 그랬는지도 모르겠네요. 어쨌거나 할머니, 옛날 얘 기나 좀 들려주세요."

"그래? 네가 또 믿지 않을지 모르겠다만…."

우리가 고향 집을 떠나오기 전날, 집에 큰불이 났단다. 내 가 엿을 고려고 일어나서 마루에 섰는데, 글쎄, 호랑이와 여우가 우리 아리를 두고 싸우고 있지 않겠니? 여우는 한참을 호랑이에게 밀렸단다. 그때 네 엄마가 여우에게 성냥갑을 건넸고, 여우가 성냥을 그어 불을 붙이더구나. 그러자 호랑이에게도 여우에게도 금방 불이 옮겨붙고 말았지. 잠시 후에는 표범도 반달곰도 따오기도 구렁이까지도 모두 모여들더니 한꺼번에 불길에 휩싸이고 마는데….

외할머니 얘기는 종잡을 수 없을 만큼 어지러웠다. 마치 차원이 다른 세상을 살고 계시는 듯했다. 우리 세상이 훤히 내려다보이는 구름 저편의 세계 같은, 혹은 일그러진 환각이나 꿈으로 직조된 모습들만 보여주는 요지경 속 같은….

물론 외할머니 말씀만 어지러웠던 건 아니다. 죽어서도 내가 끝내 밝혀내지 못할 의문들은 많다. 이를테면 이런 것들이다. 내가 두 살 되던 생일에 죽은 깽이, 어쩌면 꼭 한 번쯤은 내가 자기를 찾아올 것이라고 믿고 기다리다가 죽었을 깽이는 그 후 어떻게 됐을까? 아니, 그 애는 어디로 갔으며 무엇이 돼있을까? 과연 내 주변의 무엇으로, 혹은 어느 누군가로 환생해서 지금 내 삶의 근처를 배회하고 있을지….

혼란스럽기 짝이 없는 의문투성이의 회오리바람 한가운데서 나는 글의 첫머리를 가까스로 붙들었다. 이렇게 시작해야만 할 것 같았다.

전생에 나는 여시였다.

이승도 저승도 아닌, 과거 그 시절 '그승'에 말이다. 이승은 지금 이쪽의 세상이고 저승은 다음에나 오게 될 저쪽 세상이다. 그러니까 전생은 그때 세상, 곧 그승이 된다. 우리 여시들은 전생을 그승이라고 불렀다.

고양이를 좋아한다는 고백을 해야겠어요. 어느 때부턴가 녀석들이 높은 곳에서 뛰어내려 사뿐히 내려앉는 동작이라든가 게으를만치 허리를 쭈욱 펴면서 하품하는 모습, 내 의도를 살피려고 평온하게 응시하는 시선 같은 게 나를 사로잡았습니다.

누군가가 보지 않아도 자기 배설물을 땅에 묻는 우아한 청결의식도, 물론 천적에게 자취를 남기지 않으려는 본능이라고 들었지만, 내 관심을 이끌었어요.

아마 윤설[1])이가 세상을 하직한 이후 생겨난 일인 듯합니다. 내가 참 좋아했던 후배… 나는 윤설이의 시와 문장, 타인들에게 좀처럼 자기 마음을 열어주지 않는 까칠한 성격까지

---

1) 고 이윤설 시인(1969~2020)은 2004년 동아일보 신춘문예에 희곡 「새로운 도시와 시민들의 합창」 당선, 2006년 조선일보 신춘문예에 시 「나무 맛있게 먹는 풀코스법」, 같은 해 세계일보 신춘문예에 시 「불가리아 여인」이 당선되었다.
유고 시집으로 『누가 지금 내 생각을 하는가』가 있다.

좋아하고 또 응원해 주곤 했습니다. 그러면서도 자신을 선택해 준 이들에게는 늘 한없이 너그러웠던 외우畏友. 말하자면 고양이를 좀 닮은 편이었죠.

그 애가 가고 한 달쯤이나 지났을까요? 산책을 나섰다가 어느 집 열린 대문 틈으로 고양이 가족이 마당 한구석에서 꼬물거리는 정경이 우연히 내 눈에 들어왔습니다. 어미 고양이 주위에는 세상에 태어난 지 얼마 되지 않았을 새끼 고양이 몇 마리가 걸음마를 연습하고 있었죠.

내가 문틈으로 그걸 훔쳐보자 새끼 한 마리가 비틀비틀 내 앞으로 걸어왔습니다. 어미는 날카롭게 울면서 자기 새끼와 나에게 경고음을 보냈지만 내 주먹 크기만 한 새끼 고양이는 아랑곳하지 않고 내 무릎 밑까지 다가오는 것이었어요.

아, 그 순간 이 아이는 혹시 윤설이가 환생한 존재는 아닐까, 하는 생각이 머릿속을 가득 채웠습니다. 어린 시절부터 그랬어요. 나를 잘 따르던 개나 고양이를 대하면서도 이따금 그런 느낌에 사로잡히곤 했었죠.

인연은 운명이고, 운명은 또 다른 인연으로 연결되리라는 신념도 그 어린 날들 이후로 내 맘에 싹을 틔웠을 것입니다.

그러다 동물의 왕국 프로그램에서 우연히 여우를 보았습니다. 새끼 여우는 고양이와 무척 닮아서 구분이 되지 않더군요.

나는 일부러 전주동물원을 찾아갔습니다. 여우를 다시 보고 싶었기 때문이었죠. 그러고는 그날 이후, 이 소설에 착수했습니다. 윤설이를 얘기하려는 마음이 커갈수록 윤설이가 등 뒤에서 내 발걸음을 안내하는 목소리를 더욱 크게 외치던 환청, 그게 한동안 들려왔습니다.

그리하여 소설은 단순한 윤회 혹은 환생을 넘어 인연 얘기까지 이어지게 됐습니다. 생각해 보면 얼마나 다행한 일인지 모르겠습니다. 하지만 내 인연을 운명으로까지 이끌어준 사람들이 어찌 윤설이뿐이겠어요?
따뜻하기 이를 데 없는 그 모든 분의 이름과 얼굴이 폭풍처럼 이 순간에도 내게 다가오고 있습니다.

그래요. 지금 제 책을 펼친 독자 여러분과 저도 벌써 질긴 인연의 끈으로 엮이기 시작했습니다. 틀림없는 일이에요. 그게 어떤 인연일지는 좀 더 두고 보면 알 수 있을 테죠.
제 소설이 바로 그런 얘기랍니다.

도서출판 바람꽃에서 『을야의 고전 여행』과 『둥지를 떠난 새 우물을 떠난 낙타』를 발간한 인연으로 추천사를 써주신 고전학자 박황희 교수님께 감사드립니다.

2025년 이른 봄에
권영임